AF313739

1878. 11 Janvier

CATALOGUE
DES LIVRES

DE

LITTÉRATURE & D'HISTOIRE

DES

OUVRAGES SUR LA MUSIQUE & LA NUMISMATIQUE

PROVENANT DE PLUSIEURS BIBLIOTHÈQUES

DONT LA VENTE AURA LIEU

Les Vendredi 11 et Samedi 12 Janvier 1878
à 7 heures 1/2 du soir

Rue des Bons-Enfants, 28, maison Silvestre
SALLE Nº 1

Par le Ministère de Mᵉ Maurice DELESTRE, commissaire-priseur
Successeur de M. DELBERGUE-CORMONT

27, RUE DROUOT, 27

PARIS

ADOLPHE LABITTE

LIBRAIRE DE LA BIBLIOTHÈQUE NATIONALE
4, rue de Lille, 4

—

1878

CATALOGUE

DES

LIVRES DE LITTÉRATURE

ET D'HISTOIRE

DES OUVRAGES SUR LA MUSIQUE ET LA NUMISMATIQUE

PROVENANT DE PLUSIEURS BIBLIOTHÈQUES.

THÉOLOGIE.

1. Preces piæ... Pet. in-8, cart.

Manuscrit du XVe siècle sur vélin, orné de bordures peintes en or et en couleurs.

2. Pensées de M. Pascal sur la religion et sur quelques autres sujets. *A Paris, chez Guill. Desprez*, 1670, in-12, v. gran.

3. Pensées de Pascal, publiées par Ern. Havet. *Paris, Dezobry*, 1852, in-8, br.

4. Conférence avec M. Claude, ministre de Charenton, sur la matière de l'Église, par messire Jacq.-Bénigne Bossuet, évesque de Meaux. *A Paris, chez Séb. Mabre-Cramoisy*, 1682, in-12, v. brun.

Édition originale.

5. Démonstration de l'existence de Dieu (par Fénelon). *Paris, chez J. Estienne*, 1713, in-12, v. brun.

Édition originale. Bel exemplaire, grand de marges.

6. Traité de la nature et de la grâce, par M. Malebranche, de l'Oratoire. *A Amsterdam, chez Daniel Elsevier*, 1680, in-12, v. brun.

Exemplaire avec l'*Éclaircissement.*

7. Méditations et considérations affectueuses pour tous les jours de la semaine, sur la passion de Notre-Seigneur Jésus-Christ et sur les douleurs de sa très-sainte mère, composées par le R. P. Martin de Raxas de la Compagnie de Jésus. *A Marseille*, in-12, v. brun.

8. Le Tableu de la bido del parfet crestia en bersses que represento l'exercici de la fé, fait par le P. A. N. C. Reg. de l'ordre de S. Aug. *A Toulouzo*, 1703, in-8, parch.

9. Recueil de cantiques spirituels à l'usage des missions de Provence, en langue vulgaire, avec les airs notés à la fin. *A Avignon, chez Fr.-J. Domergue*, 1734, in-12, v. brun.

10. Cantiques spirituels à l'usage des missions, en langue vulgaire. *A Avignon. chez Fortunat Labaye*, 1735, in-12, bas.

11. Cantiques spirituels sur les prières chrétiennes et les mystères de la foy, pour chanter dans les missions des pères capucins de Provence. *A Aix*, 1728, in-12, parch. — Cantiques à l'usage de la paroisse de l'Isle, en l'honneur de saint Pancrace, martyr le 12 mai. *S. l. n. d.*, in-12 de 32 pages. — Cantiques spirituels à l'usage des missions des prêtres missionnaires de Sainte-Garde. *A Carpentras*, 1765, in-12, br.

12. Historiographie générale des provinces ecclésiastiques de l'Église latine, etc., par le père François Jacques. *A Avignon*, 1716, in-fol. v. brun.

13. L'Alcoran des Cordeliers tant en latin qu'en françois, c'est-à-dire, Recueil des plus notables bourdes et blasphèmes de ceux qui ont osé comparer sainct Francois à Jésus-Christ, etc., nouvelle édition, ornée de figures dessinées par B. Picart. *Amsterdam*, 1734, 2 vol. in-12, frontisp. gravé et 20 fig. de B. Picart, veau écaille, tr. marbr.

SCIENCES ET ARTS DIVERS.

14. Essais de Michel seigneur de Montaigne, cinquiesme édition, augmentée d'un troisième livre et de six cens additions aux deux premiers. *A Paris, chez Abel l'Angelier* (1588), in-4, non relié.

Le titre est remonté. Il manque un feuillet.

15. Essais de Michel de Montaigne, avec des notes de tous les commentateurs. Édition revue sur les textes originaux. *Paris, Firm.-Didot frères*, 1838, gr. in-8, broché, non rogné.

16. Entretiens d'un philosophe chrétien et d'un philosophe chinois (par N. Malebranche). *A Paris, chez Mich. David*, 1708, in-12, v. brun.

17. Les Caractères de Théophraste, traduits du grec, avec les Caractères ou les mœurs de ce siècle, par la Bruyère (8me édition). *A Paris, chez Est. Michallet*, 1694, in-12, v. brun.

18. La Bruyère, les Caractères et les Mœurs de ce siècle, suivis du Discours à l'Académie et de la traduction de Théophraste, précédés d'une introduction par M. Sainte-Beuve. Illustrations de M. Th. Penguilly, Grandville et Jules David. *Paris, Morizot*, 1864, gr. in-8, demi-rel. avec coins maroquin du Levant grenat, dos orné, plats, tête dorée, non rogné. (*Raparlier.*)

19. Essai philosophique concernant l'entendement humain, etc., par M. Locke, traduit de l'anglois par M. Cosse. *Amsterdam, Pierre Mortier*, 1742, in-4, portrait, demi-rel. veau fauve.

20. Choix de moralistes français, avec notices biographiques, par J.-A.-C. Buchon. *Paris, Desrez*, 1836, gr. in-8, demi-rel. veau gr.

21. Principes des mœurs chez toutes les nations, ou Caté-chisme universel, par Saint-Lambert. *Paris, Agasse*, 1797, 5 vol. in-8, vélin blanc.

Exemplaire sur papier bleu.

22. Sénancourt (de). De l'Amour, selon les lois premières et selon les convenances des sociétés modernes, 2 vol. — Obermann, avec une préface de Sainte-Beuve, 2 vol. — Les Rêveries de Sénancourt, 1 vol. — Isabelle. Lettres publiées. *Paris, Abel Ledoux*, 1833. Ens. 6 vol. in-8, demi-rel. avec coins, veau fauve.

23. The Complaint, or Night Thoughts, on life, death and immortality, by Edward Young L. L. D., with the life of the author. *London, Thomas Tegg*, 1821, in-12, demi-rel. maroq. rouge, non rogné.

24. Opus de Claris mulieribus, a fratre Philippo Bergomense editum. *Ferrarie*, 1497, in-folio gothique, cartonné.

Très-belle édition, ornée de nombreuses figures sur bois. Il manque le titre et un feuillet.

25. Nouveau Traité de la civilité qui se pratique en France parmi les honnestes gens (par A. Courtin). *A Paris, chez Hélie Josset*, in-12, v. gran.

26. Idea principis christiano-politici, 101 symbolis expressa a Didaco Saavedra Faxardo equite, etc. *Amstelodami, apud Joh. Janssonium*, 1659, in-12, frontispice, 102 figures, veau ant.

27. Politique tirée des propres paroles de l'Écriture sainte, ouvrage posthume de messire Jacq.-Bénigne Bossuet, évêque de Meaux. *A Paris, chez Pierre Cot*, 1710, 2 vol. in-12, v. gran.

28. Études administratives, par M. Vivien. *Paris, Guillaumin*, 1852, 2 vol. in-12, demi-rel. veau violet, filet.

29. Theatrum chemicum præcipuos selectorum auctorum tractatus de Chemiæ et Lapidis philosophici antiquitate, veritate, jure, præstantia et operationibus, etc. *Argentorati, sumptibus Lazari Zetzneri*, 1613, 6 vol. in-8, maroq. bleu, filets et tranches dorées.

Bel exemplaire dans son ancienne reliure.

30. L'Anatomie universelle de toutes les parties du corps humain, représentée en figures et exactement expliquée par le célèbre André du Laurent, revue par M. H***, chirurgien juré de Saint-Cosme. *Paris, Crépy*, 1764 (27 planches). Abrégé d'anatomie, accommodé aux arts de peinture et de sculpture, ouvrage très-utile et très-nécessaire à tous ceux qui font profession du dessin, mis en lumière par François Tirchat, 1760. *Paris, chez Crépy* (1 frontispice et 10 planches). Ens. 2 br. pet. in-fol.

31. Recueil des plus beaux secrets de médecine pour la guérison de toutes sortes de maladies, blessures, etc., comme aussi plusieurs secrets curieux sur d'admirables effets de la nature et de l'art, avec un traité des excellens préservatifs contre la peste, fièvre, etc., le tout expérimenté, recueilli et donné au public par une personne très-habile et charitable. *Amsterdam*, 1722, in-12, frontispice, mar. brun.

32. Traité des causes physiques et morales du rire, relativement à l'art de l'exciter. *Amsterdam, chez Marc.-Michel Rey*, 1768, in-12. br.

33. Nouvel Essai sur les eaux thermales et minérales de Bourbon-l'Archambault... par P. Faye. *Bourbon-l'Arch. et Paris*, an XII-1804, in-8, br. — Notice sur Bourbon-l'Archambault et ses eaux thermales et minérales, par le même. *Paris, Chamerot*, 1834, br. in-8. — Précis descriptif

et pratique sur les eaux… de Bourbon-l'Archambault, par M. E. Regnault. *Moulins*, 1842, br. in-8.

34. Guide pratique aux eaux minérales de France, de Belgique, d'Allemagne, de Suisse, de Savoie, d'Italie et aux bains de mer, contenant la composition chimique, les propriétés médicales, etc., par le Dr Constantin James, etc. 2me édition, renfermant entre autres additions nombreuses et importantes, etc. *Paris, veuve Masson*, 1852, in-8, demi-rel. veau vert.

On a joint à l'exemplaire 5 figures sur chine.

35. Physiologie du goût, ou Méditations de gastronomie transcendentale, ouvrage théorique, historique et à l'ordre du jour, dédié aux gastronomes parisiens. *Paris, Charpentier*, 1838, in-12, demi-rel. bas. vert.

36. The complete Angler, or contemplative man's recreation, being a discourse on rivers, fish-pinds, fish and fishing, by Izaac Walton and Charles Cotton. *London, Washbourne*, 1842, in-8, 76 vignettes, etc., sur bois, 15 fig. sur acier, portrait. demi-rel. maroq. rouge. (*Reliure anglaise.*)

BEAUX-ARTS.

37. Études théoriques et pratiques sur le beau pittoresque dans les arts du dessin, par J.-B. Laurens. *Paris, Paulin et Lechevalier*, 1856, in-4, br. figures.

38. La Peinture et la Sculpture au salon de 1861, par Léon Lagrange, avec un appendice sur la gravure, la lithographie et la photographie, par Philippe Burty. *Paris*, 1861, gr. in-8, br. (8 eaux-fortes et 18 gravures sur bois).

39. Album Bœtzel. Le Salon de 1869, exposition des beaux-arts. *Paris, veuve Berger-Levrault*, in-4, obl. cart. 43 fig.

40. Goya, par Charles Yriarte, sa biographie, les fresques, les toiles, les tapisseries, les eaux-fortes et le catalogue de l'œuvre, avec 50 planches inédites d'après les copies de Tabar, Rœvurt, Ch. Yriarte, *Paris, Plon*, 1867, in-4, br. (3 portraits, 1 portrait frontisp.; 23 f g. hors texte, 24 vignettes dans le texte.)

41. Histoire de la peinture sur verre et Description des vitraux anciens et modernes, etc., ornée de gravures par Alexandre Lenoir. *Paris,* 1803, in-8, dérelié. (Frontispice, planches et figures au trait.)

Manquent les figures de la fable de Cupidon et Psyché.

42. La Vraye Science de la pourtraicture, descrite, démonstrée par maistre Jean Cousin, peintre et géométrien trèsexcellent, représentant par une facile instruction plusieurs plans et figures de toutes les parties séparées du corps humain; ensemble les figures entières, tant d'hommes que de femmes et de petits enfants, etc., fort utile et nécessaire aux peintres, statuaires, architectes, orfévres, brodeurs, menuisiers, etc. *Paris, Guillaume Le Bé,* 1671, 1 vol. in-4, obl. broché. (35 planches de figures.)

43. Augustarum imagines ab Ænea Vico restitutæ. *Parisiis,* 1619, in-4, fig. v. f.

44. Old England's Worthies. A Gallery of portraits, from authentic copies, of the most eminent statesmen, lawyers, warriors, men of letters and science, and artists of our country, accompanied by full and original biographies, with illustrative woodcuts and twelve illuminated engravings. *London, G. Bohn, etc.,* 1853, pet. in-fol. carré bleu, (12 fig. en couleur hors texte; nombreux portraits sur acier et nombreuses vignettes sur bois.)

45. National portrait, gallery of illustrations and eminent personages, of the nineteenth century, with memoirs, by William Ierdan, esq. *London, Fisher,* 1830, in-4 (40 portraits de personnages du XIXe siècle, sur chine, *proofs*), demi-rel. avec coins veau, doré en tête, non rogné.

Les derniers portraits ont été mouillés, et la reliure est fatiguée; mais on peut faire de ce volume, dont les figures sont en premières épreuves sur chine, un très-bel exemplaire.

46. Sketches of Madame Pasta. — Recueil de 8 portraits ou planches, lithographies sur chine, et représentant pour la plupart madame Pasta dans ses différents rôles. *London, s. d.,* in-fol. demi-rel. maroq. violet, non rogné.

47. Vorschule der Kunstmythologie, von D. Emil. Braun. *In Gotha.* 1854, 1 vol. in-4, cart. (100 fig. au trait.)

48. Lud Smids M. D. Pictura Loquens, sive Heroicarum Tabularum Hadriani Schoonebeeck enarratio et explicatio. *Amstelædami, ex officina Hadriani Schoonebeeck,* 1693, in-12 (titre avec vignettes; 2 frontispices, dont 1 avec portrait, et 60 figures de Schoonebeeck), veau gris, filets et ornements à froid, tr. dor.

49. Devises héroïques, par M. Claude Paradin, chanoiue de
Beaujeu. *A Lion, par Ian de Tournes et Guill. Gazeau,*
1567, pet. in-8, vélin. 177 fig. sur bois.

Exemplaire bien conservé, malgré quelques taches. Les figures sont bonnes.

50. Het Voorhof der Ziele, behangen met leergaeme Prenten
en Zinnebeelden, door P. V. H. Le Parvis de l'âme, par
P. Van Hoogstraeten. *Te Rotterdam, Hoogstraeten,* 1668,
in-8, 1 frontispice et 60 figures par Romeyn de Hooge,
vélin, non rogné.

51. La Doctrine des mœurs, qui représente en cent tableaux
la différence des passions et enseigne la manière de parvenir à la sagesse universelle, par M. de Gomberville, de
l'Académie françoise. *Paris, chez Jacq. Legras,* 1688, in-12
(103 fig. de Clouzier), veau brun.

52. La Doctrine des mœurs, qui représente en cent tableaux
la différence des passions et enseigne la manière de parvenir à la sagesse universelle, par M. de Gomberville, de
l'Académie françoise. *Paris, au Palais, en la boutique de
A. Soubron, chez Jacques Legras,* in-12 (103 figures), demi-rel. avec coins mar. r. tr. dor.

Le titre est raccommodé légèrement au bas.

53. Hieroglyphica of Merkbeelden der oude Volkeren. *Te
Amsteldam, by Jans. van der Woude,* 1735, in-4 (frontisp.
gravé; portrait, armoiries; vignette au titre et vignette
tête de page; 63 fig. de Romeyn de Hooghe), vélin.

Premier tirage de ces gravures.

54. Recueil des figures, groupes, thermes, fontaines, vases et
autres ornemens tels qu'ils se voyent à présent dans le châ-
teau et parc de Versailles, gravé d'après les originaux par
Simon Thomassin, graveur du Roy. *S. l. n. d.,* pet. in-8
(front. et 218 figures gravées), demi-rel. bas.

55. Souvenirs du Musée des monuments français, collection
de 40 dessins perspectifs, gravés au trait, représentant les
principaux aspects sous lesquels on a pu considérer tous
les monuments réunis dans ce musée, dessinés par M. J.-L.
Bief et gravés par MM. Normand père et fils, avec un
texte explicatif par M. J. Brès. *Paris,* 1821-1826, in-fol.
cart.

56. Œuvre de Canova, recueil de gravures d'après ses sta-
tues et ses bas-reliefs, exécutées par M. Réveil, accompa-
gné d'un texte explicatif de chacune de ses compositions
et d'un essai sur sa vie et ses ouvrages par M. H. de La-

touche. *Paris, Audot*, 1825, in-4, portr. front. 98 fig. au trait, demi-rel. viol. fil. veau non rogné.

---

57. Metamorphoseon, sive transformationum Ovidianarum libri. Antonio Tempesta inventor. *Paris* (1650), album in-8 oblong de 150 figures et 1 frontispice pour les Métamorphoses d'Ovide par Tempesta, v. f.

Ce recueil est rare, surtout dans de bonnes conditions de conservation. Les figures du présent exemplaire sont en belles épreuves.

58. Iconarii universalis Tentamen, seu rerum omnium imagines, in ære elegantius incisæ, ac ordine litterarum dispositæ. A. S. D. M. O. M. S. (Tomus primus.) *Romæ*, 1776, in-4 obl. broché.

50 figures gravées.

59. Histoire mythologique des dieux et des héros de l'antiquité, enrichie de figures. *Amsterdam*, 1715, in-12 (60 fig. de Schoonebeck et 1 front.), bas.

60. Les Écoles royales de France, ou l'Avenir de la jeunesse, par Alexandre de Saillet. *Paris, Lehuby, s. d.*, in-8, fig. demi-rel. chagr. bleu, plats toile, tr. dor.

61. Les plus belles Églises du monde, notices historiques et archéologiques sur les temples les plus célèbres de la chrétienté, par M. l'abbé Bourassé. *Tours, Mame*, 1857, gr. in-8, 33 figures, demi-rel. mar. noir, plats toile, fil. à froid, tr. dor.

62. Les plus belles Églises du monde, par M. l'abbé J.-J. Bourassé. *Tours, Alfred Mame*, 1857, gr. in-8, demi-rel. chagr. viol. plats toile, tr. dor.

63. Album de 47 planches de Ridinger montées sur onglets (sujets de chasse). Pet. in-fol. demi-rel. mar. r. non rogné.

Bonnes épreuves.

64. Album de 56 planches gravées par Ridinger, pièces montées sur onglets et réunies en 1 vol. pet. in-fol. demi-rel. mar. r. non rogné.

Très-belles épreuves. Sujets de chasse, etc.

65. Furfischer Pferdsaufriss samt einem die nothigen Unmerkungen hierzu enthaltenden Brief herausgegeben von Johann Elias Ridinger. *In Augspurg*, 1752, 1 vol. pet. in-fol. 32 fig. de Ridinger montées sur onglets (chevaux, équitation), demi-rel. mar. r. non rogné.

Belles épreuves, à toutes marges.

66. Album des salons, gravures allemandes et anglaises, texte par H. Blaze, E. de la Bédolière, Brager, etc. *Paris, V. Lecou, s. d.*, in-4, cart. tr. dor.

67. Heath's Book of Beauty, 1834. With 19 beautifully finished engravings from drawings by the first artists, edited by the countess of Blessington. *London*, 1834, pet. in-8, mar. bleu, tr. dor. (*Reliure anglaise.*)

Incomplet de 4 fig. sur les 19 de l'édition.

68. La Gerbe, album mosaïque, par E. de Limagne. *Paris, Mandeville*, in-4 cart. vert, tr. dor. (24 fig. anglaises).

69. L'Étincelle, album mosaïque, par E. de Limagne. *Paris, Mandeville*, in-4 cart. bleu (25 fig. anglaises).

Manque une figure.

70. Album du Magasin pittoresque, cent gravures choisies dans la collection. *Paris*, 1862, in-4 cart. tr. dor.

71. Galerie des personnages de Shakspeare, reproduite dans les principales scènes de sès pièces, avec une analyse succincte de chacune des pièces de Shakspeare et la reproduction en anglais et en français des scènes auxquelles se rapportent les 80 gravures dont cet ouvrage est orné, par Amédée Pichot. *Paris, Baudry*, 1844, gr. in-8 cart. toile bleue, n. rog.

72. Progress of female Dissipation, engraved by A. Cardon, from original drawings by Mrs Cosway. In-4 oblong cart. (1 frontisp. et 8 fig. au bistre.)

73. Les Reines de France, par Mlle A. Celliez. *Paris, P. Lehuby, s. d.*, gr. in-8, portr. cart. plats ornés, tr. dor.

74. Les Français peints par eux-mêmes. *Paris, L. Curmer*, 1840, gr. in-8, mar. viol. dent. sur les plats, tr. dor.

C'est le premier volume de la Collection.

75. Cent Proverbes, par Grandville. *Paris, H. Fournier*, 1845, gr. in-8, veau bleu, ornem. à froid, fil. or, tr. marbr.

76. Un autre Monde, transformations, visions, incarnations, ascensions, locomotions, explorations, pérégrinations, excursions, stations, cosmogonies, fantasmagories, rêveries, folâtreries, facéties, lubies, métamorphoses, etc.. etc., par Grandville. *Paris, Fournier*, 1844, in-4 broché. (Titre imprimé en rouge, avec vignette, front., 36 fig. hors texte en couleur, 12 fig. hors texte noires et 136 vignettes dans le texte par Grandville.)

En feuilles, exemplaire papier vélin.

77. Un Autre Monde, par Grandville. *Paris, H. Fournier*, 1844, gr. in-8, v. fil. tr. marbr.

78. Les Fleurs animées, par J. Grandville, introduction par Alph. Karr, texte par Taxile Delord. *Paris, Gabr. de Gonet*, 1847, 2 part. en 1 vol. gr. in-8 broché, fig. en couleurs. (Ouvrage en feuilles.)

79. Muses et Fées, histoire de femmes mythologiques. Dessins par G. Staal, texte par Méry et le comte Fœlix. *Paris, de Gonet, s. d.*, gr. in-8, fig. hors texte en couleur par Staal, demi-rel. chagr. viol. tr. jasp.

80. La Légende de Croquemitaine, recueillie par Ernest Lépine et illustrée de 177 vignettes sur bois par Gustave Doré. *Paris, L. Hachette*, 1863, in-4 broché.

81. Les Animaux historiques, par Octave Fournier; illustrations de Victor Adam. *Paris*, 1845, in-8 cart.

82. Planches du Tableau historique des costumes, des mœurs et des usages des Français depuis le ve siècle jusqu'au xiie siècle. *Metz, s. d.*, in-4 oblong, 22 planches coloriées, demi-rel. mar. r.

83. Collection des types de tous les corps et des uniformes militaires de la République et de l'Empire, 50 planches coloriées comprenant les portraits de Bonaparte premier consul, de Napoléon empereur, du prince Eugène, du roi Murat et du prince J. Poniatowski d'après les dessins de M. Hippolyte Bellangé. *Paris, Dubochet*, 1844, gr. in-8, demi-rel. chagr. bleu.

84. Les Prisons de l'Europe, par MM. Alboize et A. Maquet. *Paris*, 1845, 8 tomes en 4 vol. gr. in-8, gravures sur acier, chagr. viol. dent. tr. marbr.

85. Souvenirs pittoresques de la Touraine, par A. Noël, peintre, membre de l'Athénée des Arts. *Paris, Leblanc*, 1824, gr. in-4, planches lithograph. demi-rel. v. viol.

86. Les Bûcherons et les Schlitteurs des Vosges, texte par Alfred Michiels, dessins par Théophile Schuler. *Paris et Strasbourg, s. d.*, pet. in-fol. broché, front. et 43 fig.

87. Album historique du département du Lot, avec les vues des principaux monuments et sites de cette partie du Quercy, texte par J.-B. Gluck, professeur d'histoire au lycée de Cahors. Dessins par Eug. Gluck, peintre; gravures sur bois par Rambert. *Paris, Gluck*, 1852, in-fol. en feuilles dans un carton, 24 fig. hors texte lithograph.; nombreuses vignettes sur bois dans le texte.

88. Recueil de 45 vues des côtes d'Angleterre, gravées d'après Turner, Clennell, Blos, etc.; notices en anglais. *Londres, Murray*, 1814, in-4 cart.

89. Châteaux et Monuments des Pays-Bas, faisant suite au Voyage pittoresque, dédié à S. A. R. la princesse d'Orange, rédigé par M. de Cloet. *Bruxelles, s. d.*, 2 vol. gr. in-8, 205 planches lithograph. demi-rel. mar. r. fil.

90. Promenades d'un artiste. Bords du Rhin. Hollande. Belgique. Suisse. Tyrol. Nord de l'Italie, avec gravures d'après Stanfield et Turner. *Paris, J. Renouard, s. d.*, 2 vol. in-8 broché.

91. Swiss Scenery from drawings, by major Cockburn. *London*, 1820, gr. in-8, 61 fig. gravées sur acier, bas. brun. non rogné.

92. Suite complète de 25 figures anciennes pour Gil Blas, remmargées, in-4.

93. Suite complète de 24 figures pour Gil Blas.

Très-jolie suite espagnole. Bonnes épreuves sur papier fort.

94. Suite complète de 24 figures pour Gil Blas, de Devéria.

Épreuves avant la lettre.

95. 8 figures de Desenne pour Gil Blas, édition Verdet.

Épreuves sur chine avant la lettre.

96. Figures pour Gil Blas par Desenne, de l'édition Lefèvre, 1820.

Différents états avec et avant la lettre, eaux-fortes, chine.

97. Suite complète des 3 figures in-8 sur acier, de Staal, pour Gil Blas, édition Garnier.

Belles épreuves du premier tirage.

98. Suite de 37 figures de Staal, in-8, pour les Aventures du chevalier de Faublas.

99. Suite complète de 20 figures in-8 de Rogier, etc., pour les Aventures de Faublas.

Belles épreuves.

100. Suite des 7 figures, in-8, de Colin pour les Aventures du chevalier de Faublas.

Il manque une figure à cette suite.

101. BÉRANGER. Suite de 113 figures in-8 par Grandville pour illustrer les Chansons de Béranger.

102. Suite de 74 figures in-8 par Grandville pour illustrer les Chansons de Béranger.

103. Trente figures in-8 par Grandville pour illustrer les Chansons de Béranger.

Trois sont sur chine et cinq sont doubles.

104. Quarante-neuf vignettes de Devéria pour illustrer les Chansons de Béranger. Edition de Baudouin, 1828.

105. Gravures diverses in-8, in-12 et in-16, sur acier et sur bois, pour illustrer les Chansons de Béranger.

106. Soixante figures de Johannot, Devéria, Charlet, Lami, Grenier, etc.

Quelques-unes sont doubles; 2 de ces figures sont in-8, avec encadrement.

107. CHANSONS DE BÉRANGER. 34 figures de la suite Johannot, Devéria, Charlet, Eug. Lami, Grenier, etc., etc. (Quelques doubles.) — 29 figures de la même suite, tirage in-8, avec encadrements. — 9 figures de la même suite, tirage avec des fonds ajoutés, et réglure. — 4 figures en couleur par H. Monnier (de l'édition Baudouin, 1828).

108. Quatre cent quatre-vingts figures (vues, sites, monuments, etc.) pouvant illustrer les Guides Joanne et autres.

109. Trente-deux figures par Alfr. Johannot pour illustrer les Œuvres de Walter Scott. Edition Furne.

Quelques-unes sont doubles.

110. Trente-cinq figures de Alfr. Johannot pour les Œuvres de Walter Scott.

Eaux-fortes, tirage grand papier. Quelques-unes sont doubles et 4 figures sur chine.

111. Vingt-huit vignettes d'Alfred et de Tony Johannot pour les Œuvres de Walter Scott. Edition Gosselin.

Épreuves sur chine et avant la lettre.

112. WALTER SCOTT. 26 figures (dont 1 double) sur chine de la suite Johannot. 30 figures de la même suite, papier vélin. — 31 figures (dont 6 doubles) de la même suite. — Ens. 87 pièces.

113. Cinquante-six figures d'après Johannot, Raffet, etc., pour illustrer les Œuvres de Walter Scott. Edition Furne.

114. WALTER SCOTT. *Edition Pourrat.* 11 figures, suite Raffet (dont 3 doubles). — 4 figures, même suite, chine. — 10 figures diverses (dont 2 doubles). — 1 portrait (3 exemplaires). — 9 figures, suite Laville, sur bois, chine (dont 3 doubles). — Ens. 33 pièces.

115. WALTER SCOTT. 24 figures de la suite Jacque. Edition Barba. (Quelques doubles.)

Très-belles épreuves. Rare.

116. WALTER SCOTT. 25 figures sur chine, avant la légende.
de la suite de Desenne, Johannot et L. Lami. — Même
suite. 28 figures avec la lettre. — Même suite. 20 EAUX-
FORTES sur chine. — Même suite. 10 eaux-fortes, papier
blanc. — Même suite. 7 figures (chine et papier blanc)
avant la lettre (3 doubles). — Même suite. 13 figures
(chine et papier blanc). Epreuves d'artistes, les noms à la
pointe (3 doubles). — Ens. 100 pièces.

117. WALTER SCOTT. 17 vues par Pernot. Edition Furne. —
38 vues, suite Scherer, Nison, etc. (Plusieurs doubles). —
9 portraits, 1 figure, d'après Coigniet, et 40 cartes géo-
graphiques en couleur.

118. WALTER SCOTT. 29 portraits anglais de femmes.

---

119. Mémoires pour servir à l'histoire de la révolution opé-
rée dans la musique par M. le chevalier Gluck. *Naples et
Paris*, 1781, in-8, portrait de l'auteur par Saint-Aubin,
demi-rel. v. fauve, n. rog. (*Thompson.*)

120. Observations sur la musique à grand orchestre intro-
duite dans plusieurs églises et en dernier lieu à Notre-
Dame de Paris, et sur l'admission des musiciens de l'O-
péra dans ces églises. *S. l.*, 1786, in-12, cart. — Lettre
de M***, négociant de Paris, à M*** son correspondant, à
D***, au sujet de la messe solennelle qui a été chantée en
musique à grand chœur et grand orchestre par MM. de
l'Académie royale de musique, ou l'Opéra, dans l'église du
prieuré royal des bénédictins de Saint-Martin-des-Champs.
S. l., 1786, in-12, cart. — Ern. Thoinan. Les Origines de
la chapelle-musique des souverains de France. *Paris, A.
Claudin*, 1864, in-12, br. — De la Notation du moyen
âge, par M. Th. Nisard. *Paris*, 1847, in-12, br. de 23 pages.
Tiré à 50 exemplaires.

121. G. ROSSINI. Sa Vie et ses œuvres, par A. Azévédo. *Paris, Heugel*, 1865, gr. in-8, br.

122. F. Chopin, par P. Liszt. *Paris*, 1852, in-8, br. — Dissertation sur les instruments de musique employés au
moyen âge, par A. Bottée de Toulmon. *Paris, Eug. Du-
verger*, 1844, in-8, br.

123. Cantus ecclesiasticus officii maioris hebdomadæ, etc.
Romæ, 1619, in-fol. parch.
Exemplaire fatigué, le titre est défectueux.

124. Les Chants d'église en usage dans la province ecclésiastique de Québec, harmonisés pour l'orgue suivant les

principes de la tonalité grégorienne, par M. P. Lagace. *Paris, H. Bossange, s. d.,* in-4, demi-rel. chagr. noir, plats toile, tr. rouges.

125. Accompagnement d'orgues composé pour le Graduel romain de la commission de Reims et de Cambrai, par M. L. Dietsch et l'abbé E. Tessier. *Paris, J. Lecoffre, s. d.,* in-4, br.

126. Messe à trois voix et chœurs avec accompagnement, par L. Cherubini. *A Paris, s. d.,* in-4, cart.

127. Chansons d'André Pevernage, tant spirituelles que profanes, à cinq parties, nouvellement recueillies et réduites en un livre. *En Anvers,* 1606, in-4 obl. v. gr.

128. Motets à deux chœurs pour la chapelle du Roy, mis en musique par M. de Lully. *A Paris, par Christ. Ballard,* 1684, 3 parties en un in-4 obl. v. gran. (*Musique notée.*)

1° Basse du grand chœur. — 2° Taille du grand chœur. — 3° Second dessus de violon.

129. Messe solennelle à quatre voix, avec chœur et orchestre, par Beethoven. *Paris, s. d.,* in-4, demi-rel. bas. verte.

130. Don Juan in Musik gesezt von W. A. Mozart. *Leipzig, s. d.,* 2 vol. in-4 obl. parch. vert.

Partition.

131. Iphigénie en Tauride, mise en musique par Gluck. *Paris, s. d.,* in-4, parch. vert.

Partitions.

132. Proserpine, tragédie en 4 actes. *S. l. n. d.,* in-fol. v. brun.

Partitions manuscrites de 363 pages.

133. The Creation, an oratorio composed by Joseph Haydn. *Vienna,* 1800, gr. in-4, cart.

134. Obéron, musique de Weber. *Paris, Castil-Blaze, s. d.,* in-4, br.

135. Lodoïska (partition), comédie héroïque en trois actes, par le citoyen Fillette Loraux, mise en musique par le citoyen Cherubini. *Paris,* 1791, in-4, parch. vert.

136. Musica dell' opera Guglielmo Tell del cav. Rossini. *Milano, s. d.,* in-4 obl. demi-rel. parch.

137. L'Africaine, opéra en cinq actes, musique de G. Meyerbeer, partition et chant, gr. in-8, br.

138. Violetta (la Traviata), grand opéra en 4 actes, musique de G. Verdi. — Le Saphir, opéra-comique, musique de

Félicien David. — Lalla-Roukh, opéra-comique (musique par le même). — Ens. 3 vol. gr. in-8, br. (*Avec 2 envois autographes signés de Félicien David.*)

139. Recueil des morceaux de musique ancienne exécutés aux concerts de la Société de musique vocale religieuse et classique. *Paris, s. d.*, 11 vol. gr. in-8, cart.

Manque le tome Ier.

BELLES-LETTRES.

I. POÈTES ANCIENS.

140. L'Iliade, poëme, avec un Discours sur Homère, par M. de la Motte, de l'Académie françoise. *Paris*, 1714, pet. in-8, frontispice et 12 figures, veau brun.

141. Publii Virgilii Maronis Opera, pristino nitori restituta, etc. *Parisiis, typis Barbou*, 1790, 2 vol. in-12, bas. rac. tr. marbr.

142. Œuvres de Virgile, traduites en français, le texte vis-à-vis la traduction, avec des remarques, par M. l'abbé Desfontaines. *Paris, Plassan*, 1796, 4 vol. gr. in-8, demi-rel. bas. vert.

143. L'Eneide di Virgilio del commendatore Annibal Caro. *In Parigi*, 1760, 2 vol. in-8 (2 titres gravés, 2 portraits, 12 figures hors texte et 18 vignettes, têtes et fins de pages, par Zocchi), mar. olive, filets et tranches dorées. (*Reliure ancienne.*)

Exemplaire sur papier de Hollande.

144. Les Géorgiques de Virgile, traduites en vers françois par M. l'abbé de Lille. *Paris, Bleuet*, 1783, in-4 (portrait avec attributs et vignette, et 4 fig. de Cochin avant toute lettre), demi-rel. avec coins, mar. bleu, filets.

145. Quintus Horatius Flaccus. *Lutetiæ, ex typographia Rob. Stephani*, 1613, in-12, maroq. rouge, filets, tr. dor. (*Anc. reliure.*)

146. Quinti Horatii Flacci Poemata scholiis illustrata a Joanne Bond. *Aurelianis, typis Couret de Villeneuve*, 1767, in-12, maroq. olive, filets, tr. dor. (*Reliure anc.*)

147. Phædri Augusti Cæsaris liberti Fabularum Æsopiarum libri V, notis perpetuis illustrati, in lucem editi a Johanne Laurentio J. C. *Amstelodami, apud Joannem Janssonium*, 1667, in-8, frontisp. et 103 figures, vélin blanc, filets.

Cette édition est recherchée et peu commune.

148. Fables de Phèdre, affranchi d'Auguste, traduites en français, avec le texte à côté, et ornées de gravures. *Paris, P. Didot*, 1806, 2 tomes en 1 vol. in-12 (1 portrait, titre gravé et 42 figures), demi-rel. veau antiq.

149. Catullus, Tibullus et Propertius, pristino nitori restituti, etc., accedunt fragmenta Cornelio Gallo inscripta. *Lugduni Batavorum*, 1743 (*Paris, Coustelier*), in-12, 7 vign. fleurons et culs-de-lampe, veau marbr. tr. dor.

150. Catullus, Tibullus et Propertius. *Londini, Pickering*, 1824, in-64, cart. non rogné.

151. Publii Ovidii Nasonis Opera, Nicolaus Heinsius castigavit. *Amstelodami, typis Danielis Elzevirii*, 1664, 3 vol. in-16, front. veau fauve ant.

152. Nouvelle Traduction des Métamorphoses d'Ovide par M. Fontanelle. *Paris, Panckoucke*, 1767, 2 vol. in-8, 2 titres gravés, 2 portr. et 6 fig. de Zocchi, veau éc.

153. Les Métamorphoses d'Ovide, traduction nouvelle par Malfilâtre. *Paris, Plassan, an VII*, 3 vol. portrait et 15 fig. d'après Zocchi, veau rac. fil.

154. D. Junii Juvenalis Satyrarum libri V, Sulpiciæ Satira, nova editio, cura Nicolai Rigaltii. *Lutetiæ, ex officina Rob. Stephani*, 1616, in-12, mar. rouge, fil. tr. dor. (*Rel. anc.*)

Dans le même volume, *Aulus Persius Flaccus. Lutetiæ, ex typograph. Rob. Stephani*, 1614.

155. Lucrèce, traduction nouvelle, avec des notes, par M. L*** G*** (La Grange). *A Paris, chez Bleuet*, 1768, 2 vol. in-8, fig. de Gravelot, veau marbr.

Exemplaire en papier de hollande.

156. Lucrèce, traduction nouvelle (texte latin en regard), avec des notes, par M. L*** G***. *Paris, Bleuet*, 1768, 2 vol. pet. in-8, front. et 6 fig. par Gravelot, veau ant. marb.

157. Lucanus. (In fine :) *Venetiis, apud Aldum*, 1502, 4 pet. vol. in-8, demi-rel. vélin.

II. POÈTES FRANÇAIS.

158. Poésies de Charles d'Orléans, d'après les manuscrits des bibliothèques du Roi et de l'Arsenal, par J.-Marie Guichard. *Paris, Gosselin*, 1842, 1 vol. in-12, broché, non rogné.

159. Œuvres de Regnier, nouvelle édition, considérablement augmentée. *Genève (Cazin)*, 1777, 2 tomes en 1 vol. in-18, cartonné. (Frontispice par Marillier.)

160. Œuvres de Philippe Desportes, avec une introduction et des notes par Alfred Michiels. *Paris, Delahays*, 1858, in-16, broché.

161. Œuvres diverses du sieur D*** (Despréaux), avec le Traité du sublime ou du merveilleux dans le discours, traduit du grec de Longin. Nouvelle édition, revue, corrigée et augmentée de plusieurs pièces nouvelles. *Suivant la copie à Paris, Amsterdam, Abraham Wofgang (au Quærendo)*, 1677, in-12, veau brun.

162. Œuvres de M. Boileau-Despréaux, avec des éclaircissemens historiques donnez par lui-même. *Genève*, 1716, 2 vol. in-4, portr. 4 vignettes et lettres ornées, veau br. (*Armes de France sur les plats.*)

163. Fables choisies mises en vers par Monsieur de la Fontaine, avec figures. *Amsterdam, chez Zacharie Châtelain*, 1728, 3 tomes en 1 vol. pet. in-8, fig. de H. Cause, mar. bleu, dos orné, dent. tr. dor.

164. Recueil de pièces galantes, en prose et en vers, de Mme la comtesse de la Suze et de M. Pelisson, augmenté de plusieurs pièces nouvelles de divers auteurs. Nouvelle édition. *Trévoux, de l'imprimerie de S. A. S.* 1725, 4 vol. in-12, veau éc. fil. tr. dor.

Bel exemplaire.

165. Poésies de Mme Deshoulières. *Paris, veuve Sébastien Mabre-Cramoisy*, 1688, *Jean Villette*, 1695, 2 parties en 1 vol. pet. in-8, demi-rel. bas.

Édition originale.

166. Les Œuvres choisies du sieur Rousseau (J.-B.), contenant ses poésies. *Rotterdam, chez Fritsch et Böhm*, 1714, pet. in-8, fig. par Bernard Picart, demi-rel. maroq. vert, tr. peigne.

Exemplaire de la vente Rigaud.

167. La Henriade (par Voltaire), nouvelle édition. *Paris,
chez la veuve Duchesne, Saillant, Desaint, etc.* (s. d.), 2 vol.
in-8, front. titre avec portr. 9 fig. hors texte et 10 vignettes,
têtes de pages par Eisen, 1 fig. par Moreau, v. marb.

Le 2ᵉ volume renferme : *Essai sur la poésie épique, Discours en vers sur
l'homme, le Temple du goût, le poëme de Fontenoy, la Loi naturelle.*

168. La Religion et la Grâce, poëmes., par Louis Racine.
Paris, de Bure, 1826, in-16, portrait, demi-rel. chagr.
noir.

169. La Déclamation théâtrale, poëme didactique en quatre
chants, précédé d'un Discours et de Notions historiques
sur la danse (par Dorat). Nouvelle édition. *Paris, Séb.
Jorry,* 1767, 4 fig. par Eisen. — Mes Fantaisies (par Dorat). *Amsterdam, Paris, Séb. Jorry,* 1768, titre avec vignettes, 32 vignettes par Eisen. Ens. 2 ouvr. en 1 vol.
in-8, demi-rel. veau fauve.

170. Lettre d'une chanoinesse de Lisbonne à Melcour, offi-
cier français, suivie de l'épître intitulée Ma Philosophie,
et de quelques pièces fugitives (par Dorat), 2ᵉ édition.
La Haye, Paris, Delalain, 1771, frontispice, 2 figures
hors texte et 6 vign. par Eisen et Marillier. — Régulus,
tragédie, et la Feinte par amour, comédie en trois actes,
représentée le 31 juillet 1773 (par Dorat). *Paris, Delalain,* 1773, front. par Marillier. — Euphémie, ou le
Triomphe de la Religion, drame par M. Darnaud. *Paris,
Lejay,* 1768. Ens. 3 ouvr. en 1 vol. in-8, demi-rel. veau
fauve.

171. Lettres en vers et Œuvres mêlées de M. D*** (Dorat),
ci-devant mousquetaire, recueillies par lui-même. *Paris,
Sébastien Jorry,* 1767, 2 tomes en 1 vol. in-8, 2 frontisp.
10 fig. hors texte et 25 vignettes, têtes et fins de pages
par Eisen, demi-rel. veau fauve.

172. Fables nouvelles (par Dorat). *La Haye et Paris, chez
Delalain,* 1773, in-8, titre avec portr. de La Fontaine;
3 front. et 192 vignettes, têtes et fins de pages par Marillier, demi-rel. veau fauve.

173. LES BAISERS, précédés du Mois de mai, 3ᵉ édition (par
Dorat). *La Haye, Paris, Delalain,* 1770, 2 titres-front.
1 front. 44 vign. têtes et fins de pages par Eisen. —
Recueil de contes et de poëmes par M. D*** (Dorat), ci-
devant mousquetaire, 3ᵉ édition, augmentée de l'Her-
mitage de Beauvais. *La Haye, Paris, Delalain,* 1770,
4 fig. hors texte et 4 vignettes, par Eisen. Ens. 2 ouvr. en
1 vol. in-8, demi-rel. v. fauve.

174. Les Saisons, poëme, par Saint-Lambert. — Pièces fugitives. — Sarah Th... — Ziméo. — Fables orientales. Nouvelle édition, ornée d'une gravure (par Desenne). *Paris, Janet et Cotelle*, 1823, in-8, demi-rel. veau fauve, non rogné.

175. Romances par M. Berquin. *Paris, Moutardier*, 1796, pet. in-12, 14 fig. de Marillier, veau gran. fil. dent.

176. Œuvres de Vergier. *Londres (Cazin)*, 1780, 3 vol. in-18, br. exemplaire pap. vergé, non rog.

177. Œuvres choisies de Gresset, précédées d'un essai sur sa vie et ses écrits par M. Campenon. *Paris, Janet et Cotelle*, 1823, in-8, fig. de Desenne, v. vert, fil. tr. marbr.

178. Les Jardins, poëme, par Jacques Delille. *Paris, Levrault*, 1803, pet. in-12, bas. 4 fig. de Monsiau.

179. Messéniennes et poésies diverses, par M. Casimir Delavigne. *Paris, Dufey et A. Vezard*, 1831, 2 vol. in-8. fig. sur chine par Devéria, v. viol. fil. tr. marbr.

180. Victor Hugo. Les Orientales, édition elzévirienne, ornements par E. Froment. *Paris, Hetzel*, 1869, 1 vol. in-12, br.

181. Poésies morales et historiques, ou Suite et seconde édition des Loisirs d'un ancien magistrat, par le vicomte Villiers du Terrage, conseiller d'Etat. *Paris*, 1836, 2 vol. in-8, br.
Envoi autographe d'auteur, à M. et Mme Alph. de Gisors.

182. Jocelyn, épisode, par A. de Lamartine. *Paris, Ch. Gosselin, Furne*, 1848, gr. in-8, fig. et vignettes, demi-rel. mar. br.

183. Poésies de Mme Desbordes-Valmore. *Paris, Boulland*, 1830, 3 vol. in-12, 4 fig. sur chine par Devéria, nombr. et jolies vign. fins de pages, demi-rel. veau fauve, fil.

184. Poésies inédites de Mme Desbordes-Valmore, publiées par M. Gustave Revilliod. *Paris, Dentu*, 1860, in-8, br.

185. Douze Journées de la Révolution, poëmes, par Barthélemy. *Paris, Perrotin*, 1832, in-8, 12 fig. par Raffet, demi-rel. bas.

186. Elie Cabrol. La Première Absence, lettres en vers, avec douze eaux-fortes d'après d'Hurcelles. *Paris, librairie Jouaust*, 1872, in-12, broché, non rog.

187. Louis Ratisbonne. Dernières Scènes de la Comédie enfantine, vignettes par Froment. *Paris, Hetzel (s. d.)*, in-8, front. et 11 fig. hors texte, 52 fleurons, demi-rel. mar. violet, plats toile, dos orné, tr. dor.

188. Li Prouvençalo, poésies diverses recueillies par J. Rou-
manille, précédées d'une introduction par M. Saint-René
Taillandier. *Avignon*, 1852, in-12, br. — Li Margarideto,
poésie provençale (par le même). *Paris, Techener*, 1847,
in-8, br.

189. Chants et Chansons populaires de la France. Notices
par M. du Mersan. *Paris, Delloye*, 1843, 3 vol. gr. in-8,
fig. sur acier à chaque page, encadrements, vignettes, etc.,
par Meissonnier, Staal, Giraud, Drolet, Trimolet, etc.,
demi-rel. mar. viol. fil. dor.

Premier tirage des vignettes.

190. Chants et Chansons populaires de la France. *Paris,
L. Delloye*, 1843, 3 vol. gr. in-8, cart. n. rog.

Exemplaire dans son cartonnage original et relié avec les couvertures des
séries.

191. Chansons de Béranger. *Paris, Baudouin*, 1827, in-24,
dérelié.

Il manque le titre. On a ajouté la suite des 83 vignettes sur bois de Devéria de l'édit. Beaudouin. (2 vol. in-8, 1828, fins de pages.) Ces figures
sont tirées à part.

192. Œuvres complètes de P.-J. de Béranger. Nouvelle édition, revue par l'auteur, contenant 53 gravures sur acier,
d'après Charlet, A. de Lemud, Johannot, Grenier, Jacques,
Pauquet, Penguilly, de Ruddec, Raffet, Sandoz ; les Dix
Chansons nouvelles et le fac-simile d'une lettre de Béranger. *Paris, Perrotin*, 1851, 2 vol. in-8 en feuilles, exemplaire de souscription. Les figures sont sur chine et AVANT
LETTRE, tirage de l'édition Garnier. — Dernières Chansons
de P.-J. de Béranger, de 1834 à 1851, avec une lettre et
une préface de l'auteur. *Paris, Perrotin*, 1857, in-8, br.
On a ajouté 14 figures de Lemud, sur chine, avant la lettre.
— Ma Biographie, ouvrage posthume de P.-J. de Béranger,
avec un appendice ; orné d'un portrait en pied d'après
Charlet. *Paris, Perrotin*, 1857, 1 vol. in-8, br. Ajouté
9 fig. de Lemud, etc., sur chine, avant la lettre. — Musique
des Chansons de Béranger, 1 vol. in-8, br. Ens. 5 vol. en
bonne condition, et 77 fig. complètes, sur chine, avant
la lettre.

193. Chansons de Brazier. *Paris, Barba*, 1835. in-12, br.
4 fig. de Levasseur. — Chansons nouvelles. *Paris, Rossi-
gnol*, 1836, in-12, br.

---

194. Roland furieux, poëme héroïque de l'Arioste, traduction nouvelle. *A la Haye, chez Pierre Gosse*, 1741, 4 vol.
pet. in-8, v. marbr. fil. tr. dor.

195. Roland furieux, traduit de l'Arioste par le comte de Tressan, orné de gravures d'après les dessins de M. Colin. *Paris*, 1822, 3 vol. in-8, v. bl. orné à froid sur les plats, fil. or, tr. marbr. (*Simier, relieur du Roi.*)

196. Essai sur la vie de Pétrarque, par M. Achille Du Laurens. *Avignon*, 1839, in-8, br.

197. La Secchia rapita, poema eroicomico di Alessandro Tassoni, colle dicharazioni di Gaspare Salviani Romano e le annotazioni del Dottor Pellegrino Rossi modenese, rivedute ed ampliate. *Venezia*, 1747, in-12, v. br.

198. Poetical Sketches of Scarborough, illustrated by 21 engravings of humorous subjects, coloured from original designs made by T. Rowlandson. The second edition. *London*, 1813, 1 vol. in-8, 21 fig. en couleur de Rowlandson, demi-rel. mar. bleu, fil. dor. coins, tr. dor.

199. Alfred Tennisson. Elaine, poëme traduit de l'anglais par Francisque Michel, avec 9 gravures sur acier d'après les dessins de Gustave Doré. *Paris, Hachette*, 1867, in-fol. cart. r. n. rog.

200. Irlande. Poésies de Bardes. Légendes, ballades, chants populaires, précédés d'un Essai sur ses antiquités et sa littérature, par D. O'Sullivan, professeur, etc. *Paris, Glashin*, 1853, titre avec vignette s. bois, t. Ier. — L'Irlande, par J.-G. Capo de Feuillide. *Paris, Dufey*, 1839, t. Ier. Ens. 2 vol. in-8, br.

201. Poésies de M. Haller, traduites de l'allemand. Édition retouchée et augmentée. *Berne*, 1775, in-4, figure, frontispice et 12 vignettes de Dunker, bas.

202. Œuvres poétiques complètes de Adam Mickewicz, traduction nouvelle par Christien Ostrowski. *Paris, Charpentier*, 1845, 2 vol. in-12, demi-rel, chagr. viol.

203. La Guzla (par P. Mérimée), ou Choix de poésies illyriques, recueillies dans la Dalmatie, la Bosnie, la Croatie et l'Herzégovine. *Paris, Levrault*, 1827, in-12 cart. non rogné. 1 figure, frontispice.

III. THÉATRE.

204. Publii Terentii Afri Comœdiæ sex. *Lutetiæ Parisiorum*, 1753, 2 vol. in-12, 2 titres gravés; 50 vignettes, fleurons (têtes et fins de pages), par Gravelot, veau gran. fil. tr. marbr.

205. Note sur Benoet du Lac, ou le Théâtre et la Bazoche à
Aix, à la fin du xvie siècle, par A. Joly. *Lyon, N. Scheu-
ring,* 1862, in-12, br.

206. Les Chefs-d'œuvre de P. Corneille, avec le jugement
des savants à la suite de chaque pièce. *A Oxford, chez Ja-
ques Fletcher,* 1746, in-12, v. gran.

207. Iphigénie, tragédie, par M. Racine. *A Paris, chez Claude
Barbin,* 1675. — Les Femmes sçavantes, comédie, par
J.-B. P. Molière. *A Paris, chez Pierre Promé,* 1673. —
Le Bourgeois gentilhomme, par J.-B. P. Molière. *A Paris,
chez Pierre Lemonnier,* 1671. — Ens. 3 pièces réun. en
un vol. in-12, v. brun.

Contrefaçons faites sous les mêmes dates que les éditions originales.

208. Les Œuvres de monsieur Molière. *A Paris, chez Denys
Thierry, Cl. Barbin et P. Trabouilet,* 1697, 8 vol. in-12,
figures v. granit.

209. Œuvres de Molière, nouvelle édition, augmentée de la
vie de l'auteur et des remarques historiques et critiques
par M. de Voltaire. *Amsterdam et Leipzig, Arkstée et
Merkus,* 1765, 6 vol. in-12, rel. veau marbr. filets.

Sans les figures.

210. Œuvres de Molière, précédées d'une notice sur sa vie
et ses ouvrages par Sainte-Beuve, vignettes par Tony
Johannot. *Paris, Dubochet,* 1843, in-4, titre-frontispice et
90 vignettes dans le texte; portrait gr. demi-rel. chagr.
vert, tr. jasp.

211. Chefs-d'œuvre dramatiques, ou Recueil des meilleu-
res pièces du Théâtre françois, tragique, comique et
lyrique; avec des discours préliminaires sur les trois gen-
res et des remarques sur la langue et le goût; par M. Mar-
montel, historiographe de France, l'un des quarante de
l'Académie françoise. *Paris, Brunet,* 1775, in-4, 25 vignettes (par Eisen), veau marbr.

212. Œuvres dramatiques de Destouches, nouvelle édition,
précédée d'une notice sur la vie et les ouvrages de cet
auteur. *Paris, de l'imprimerie de Crapelet,* 1811, 6 vol.
in-8, veau porphyre, tranches marbr.

213. Atrée et Thyeste, tragédie, par M. de Crébillon. *Paris,
chez Pierre Ribou,* 1709, in-12, v. br.

Édition originale.

214. La Folle Journée, ou le Mariage de Figaro, comédie,
par M. de Beaumarchais. *Paris, Ruault,* 1785, in-8, br.

215. Sidney, comédie, par M. Gresset, représentée pour la
première fois le 3 may 1745, par les comédiens ordinai-
res du Roy. *La Haye*, 1745, 1 vol. in-8, dérelié.
Édition originale.

216. Alexandre Dumas fils. La Dame aux camélias, préface
de Jules Janin. Edition illustrée par Gavarni. *Paris*, 1858,
gr. in-8, broché. Vignettes sur le titre, 20 fig. par Gavarni.

217. Angèle, drame en cinq actes, par Alexandre Dumas.
Paris, Charpentier, 1834, in-8, broché, non rogné, couv.
impr.
Première édition.

218. Théâtre du Petit-Château, par Jean Macé, illustrations
par Froment. *Paris, J. Hetzel, s. d.* in-8, demi-rel. mar.
bleu, dos orné, tr. dor.

219. Répertoire des théâtres de Paris, réunion de 33 pièces
dont quelques-unes remontées en un vol. gr. in-8, v. viol.
fil. tr. marbr.

220. Magasin théâtral, choix de pièces des auteurs contem-
porains. — Réunion de 26 pièces en 1 vol. gr. in-8, v. fil.
tr. marbr.

221. Théâtre de l'Académie royale de musique. — Répertoire. — Réunion de 27 pièces dont quelques-unes remontées, en un vol. gr. in-8, v. viol. tr. marbr.
Orphée et Eurydice. — Les Bayadères. — Guillaume Tell. — Le Philtre.
— Le Serment. — La Favorite. — La Reine de Chypre. — La Sylphide.

IV. FABLES, ROMANS ET CONTES.

222. Fabulæ Æsopi, græce et latine, nunc denuo selectæ. Eæ
item quas Avienus expressit. Accedit Ranarum et Murium
pugna, Homero olim adscripta : cum elegantissimis in
utroque libello figuris, et utriusque interpretatione, pluri-
mis in locis emendata. Ex decreto D. D. Hollandiæ ordi-
num, in usum scholarum. *Amstelodami, apud Johannem
Ravesteynium*, 1672, in-12, figures, veau marbr.

223. Fables de Fénelon, nouvelle édition, ornée de 10 jolies
figures. *Paris, s. d.*, in-16, v. bleu, fil. tr. marbr.

224. Les Amours pastorales de Daphnis et Chloé, escrites en
grec par Longus et translatées en françois par Jacques
Amyot. *A Londres*, 1779, pet. in-8 bas.
Édition avec les 30 figures d'après celles dites du Régent.

225. L'Éloge de la Folie, traduit du latin d'Érasme, par M. Gueudeville. *S. l.*, 1766, in-12, figure v. marbr.

226. L'Éloge de la Folie, traduction nouvelle du latin d'Érasme, par M. Barrett, orné de 12 figures. *Paris, de Maisonneuve*, 1789, in-12, 12 figures par Eisen, bas.

227. Speculum vitæ aulicæ de admirabili fallacia et astutia vulpeculæ Reinikes libri quatuor, nunc primum ex idiomate germanico latinè donati, etc., auctore Hermanno Schoppero. *Francofurti ad Mœnum*, 1595, in-12, vignette sur le titre et 50 figures sur bois, demi-rel. vélin.

228. Euphormionis Lusinini sive Joannis Barclaii Satyricon partes quinque cum clavi, accessit Conspiratio anglicana. *Lugduni Batavorum, apud Elzevirios*, 1637, 1 vol. pet. in-12, titre frontispice gravé, veau éc. filets, tranches dorées.

229. Les Œuvres diverses de monsieur de Cyrano Bergerac. *Paris, chez Ch. de Sercy*, 1763-1765-1771, 3 parties en 1 vol. in-12, bas.

230. Faramond, ou l'Histoire de France (par la Calprenède). *A Paris, chez Ant. de Sommaville*, 1661-1670, 12 vol. pet. in-8, v. marbr. fil.

231. Avantures de Télémaque fils d'Ulysse, ou Suite du quatrième livre de l'Odyssée d'Homère. *La Haye, Adrien Moetjens*, 1710, 2 vol. in-12, portrait et 17 figures, veau brun.

232. Les Aventures de Télémaque, par Fénelon, suivies des Aventures d'Aristonoüs et précédées d'un Essai historique et critique sur Fénelon et ses ouvrages, par V. Philipon de la Madelaine. *Paris, Mallet*, 1840, gr. in-8, 12 figures hors texte sur chine et nombreuses vignettes dans le texte par Andrew, Best et Seloir, cart. violet, tranches dorées.

233. Œuvres choisies de Ch. Perrault, de l'Académie françoise, avec les mémoires de l'auteur et des recherches sur les contes des fées par Collin de Plancy. *Paris, Peytieux*, 1826, in-8, portrait v. bleu, fil. tr. marbr.

234. Histoire du temps passé, ou les Contes de la mère l'Oye avec des moralités, par M. Perrault, nouvelle édition augmentée de deux nouvelles, savoir de l'Adroite Princesse et de la Veuve et ses deux filles, ornée de figures en taille-douce. *Londres, Bruxelles*, 1786, 1 vol. in-8, br. non rogné, 10 figures.

235. Contes des fées, par Perrault, Mme d'Aulnoy, Hamilton et Mme Leprince de Beaumont; nouvelle édition, illustrée

de nombreuses vignettes dans le texte, etc. *Paris, Garnier* (*s. d.*), 1 vol. in-8, broché.

Manquent les dix figures hors texte.

236. Contes de Perrault, précédés d'une notice sur l'auteur par P. L. Jacob et d'une dissertation sur les contes de fées par M. le baron Walckenaer, ouvrage orné de vignettes de MM. Tony Johannot, A. Devéria, Gigoux, Célestin Nanteuil, etc. *Paris, Mame*, 1836, in-8, v. viol. fil. tr. marbr.

237. Ah! quel conte! conte politique et astronomique. *A Maestricht*, 1779 (1er volume seul). Ens. 6 vol. in-12, veau marbr.

238. The Adventures of Gil Blas of Santillane, translated from the french of Lesage, by Benjamin Heath Malkin, esq. *London*, 1809, 4 vol. in-8, cart. non rognés.

239. Histoire de Gil Blas de Santillane, par Le Sage, avec les principales remarques des divers annotateurs, précédée d'une notice par M. Sainte-Beuve, de l'Académie française. *Paris, Garnier*, 1864, 2 vol. in-8, br. portrait et 5 fig. de Staal.

240. Histoire de Gil Blas de Santillane, par Le Sage, avec un examen préliminaire, etc., par M. le comte François de Neufchâteau, de l'Académie française, etc. *Paris, Lefèvre*, 1820, 2 vol. in-8, br. non rognés, figures de Desenne.

241. Histoire de Gil Blas de Santillane, par Le Sage, nouvelle édition, publiée par le comte François de Neufchâteau. *Paris, Lefevre*, 1820, 3 vol. in-8, figures de Desenne, v. rac. tr. marbr.

242. Histoire du chevalier des Grieux et de Manon Lescaut. *Amsterdam*, 1756, 2 vol. — Suite de l'Histoire du chevalier des Grieux et de Manon Lescaut. *Amsterdam*, 1762, 2 vol. Ens. 4 vol. in-16, veau marbr. tr. rouges.

243. Histoire de Manon Lescaut et du chevalier des Grieux, par l'abbé Prévost. Edition illustrée par Tony Johannot, précédée d'une notice historique sur l'auteur par Jules Janin. *Paris, Ern. Bourdin* (*s. d.*), gr. in-8, fig. chine (*avant la lettre*) de T. Johannot, frontispices, culs-de-lampe, nombreuses fig. dans le texte, cart. doré en tête, non rogné.

244. Zadig, ou la Destinée, histoire orientale (par Voltaire). *S. l.*, 1748, in-12, v. gran.

Édition originale.

245. Arnauld. Batilde, ou l'Héroïsme de l'amour, anecdote historique. *Paris*, 1767. — Clary, ou le Retour à la vertu

récompensé, histoire anglaise. *Paris*, 1767. — Ens.
2 ouvr. en 1 vol. in-8, 2 vignettes-frontispices, 2 fig. hors
texte et 4 vignettes têtes et fins de pages par Eisen, demi-
rel. bas.

246. D'Arnaud et Mercier. Nancy, ou les Malheurs de l'im-
prudence et de la jalousie, histoire imitée de l'anglais.
Paris, 1767. — Lucie et Mélanie, ou les Deux Sœurs géné-
reuses, anecdote historique. *Paris*, 1767.— Julie, ou l'Heu-
reux Repentir, anecdote historique. *Paris*, 1767. — Lettre
de Dulis à son ami. *Paris*, 1797. — Fanni, ou la Nouvelle
Paméla, histoire anglaise. *Paris*, 1767. — Clari, ou le
Retour à la vertu récompensé, histoire anglaise, par
M. d'Arnaud. *Paris*, 1767. Ens. 5 ouvr. en 1 vol. in-8,
5 figures hors texte et 10 vignettes têtes et fins de pages,
par Eisen, 3 fig. et vignettes de Saint-Aubin, bistre, avant
la lettre, vignettes aux titres, veau marb. dos orné, tranches rouges.

246 *bis*. Œuvres badines et morales, historiques et philosophiques de Jacques Cazotte. *Paris, Bastien*, 1816, 4 vol.
in-8, 2 portraits, 17 figures, veau rac. tranches marbr.

247. Le Diable amoureux, roman fantastique par J. Cazotte,
précédé de sa vie, de son procès et de ses prophéties et
révélations par Gérard de Nerval, illustré de 200 dessins
par Edouard de Beaumont. *Paris, Ganivet*, 1846, in-8,
portrait, 6 fig. hors texte et 174 vignettes dans le texte,
demi-rel. veau fauve.

248. Œuvres du comte de Tressan, précédées d'une notice
sur sa vie et ses ouvrages, par M. Campenon de l'Académie
française, édition revue, etc., et accompagnée de notes,
ornée de gravures d'après les dessins de M. Colin. *Paris,
Nepveu*, 1823, 10 vol. in-8, portrait, 12 figures de Colin,
veau vert, marbré, filets, dentelles, tr. marbr.

249. Les Mauvais Garçons (par Alphonse Royer). *Paris,
Eug. Renduel*, 1830, 2 vol. in-8, 2 vignettes de Tony
Johannot sur les titres, demi-rel. veau fauve, tr. marbr.

250. Atar-Gull, par Eugène Sue, auteur de Plik et Plok.
Paris, Vimont, 1831, in-8, vignette sur le titre et 4 figures
hors texte, par Henri Monnier, demi-rel. veau.
Première édition.

251. La Salamandre, roman maritime, par Eugène Sue.
3e édition. *Paris, Eug. Renduel*, 1832, 2 vol. in-8, demi-
rel. avec coins veau viol. doré en tête, tr. jasp.

252. Le Manuscrit vert, par Gustave Drouineau. 2e édition.

Paris, Gosselin, 1832, 2 vol. in-8, 2 figures sur chine par Tony Johannot, demi-rel. bas. non rognés.

253. Le Vendéen , épisode de 1793, par A. E. D. S. (Alexis Eymery de Saintes). 2e édition, revue et corrigée. *Paris, Moutardier*, 1832, 2 vol. in-8, brochés, non rognés.

254. Indiana, par G. Sand. 4e édition. *Paris, Gosselin*, 1833, 2 vol. in-8, demi-rel. veau gris, tr. marbr.

Ex-libris Asselineau.

255. Notre-Dame de Paris, par Victor Hugo. *Paris, Eug. Renduel*, 1836, in-8, demi-rel. mar.

256. Victor Hugo. Notre-Dame de Paris, édition illustrée d'après les dessins de MM. E. de Beaumont, L. Boulanger, Daubigny, T. Johannot, Meissonnier, etc. *Paris, Perrotin*, 1844, gr. in-8, chagr. viol. dent. fil. tr. marbr.

257. Victor Hugo. Han d'Islande, illustré de 50 dessins par Rion, gravures de Pannemaker. — Bug Jargal, illustré de 22 dessins par Beaucé et Rion, gravures de Pannemaker. — Le Dernier Jour d'un condamné, suivi de Claude Gueux, 20 dessins par Gavarni et Andrieux. *Paris, Hetzel*, 1866-67. — Ens. 3 vol. in-4, br.

258. Victor Hugo. Les Misérables, illustrés de 200 dessins par Brion. *Paris, Hetzel et Lacroix, s. d.*, 1 tome en 2 parties in-4, br.

259. Ahasvérus, par Edgar Quinet. *Paris et Londres*, 1834, in-8, v. viol. fil. tr. marbr.

260. La Premiere Communion nouvelle, par E.-J. Delécluze. *Paris, Gosselin*, 1836, pet. in-8, br. non rogné.

Manque la vignette du titre.

261. Volupté, par Sainte-Beuve. Nouvelle édition, revue et corrigée. *Paris, Charpentier*, 1840, in-12, demi-rel. mar. vert, tr. jasp.

262. Champfleury. Les Aventures de Mademoiselle Mariette, avec quatre eaux-fortes dessinées et gravées par Morin. *Paris, Poulet-Malassis*, 1862, in-12, br. non rogné.

Les 4 figures sont jointes au volume sur grand papier et sur chine.

---

263. Il Decameron di Messer Boccacio (Gio.). *Firenze, Molini*, 1820, in-12, cart. (titre gravé avec vignette, frontispice).

Exemplaire papier vélin, non rogné.

264. Istoria del Decamerone di Giovanni Boccaccio, scritta da Domenico Maria Manni, academico fiorentino. *In Firenze*, 1742, in-4, vél. blanc, tranches rouges.

265. Don Quichotte de la Manche, traduit de l'espagnol de Michel de Cervantes, par Florian. *A Paris, chez Nicolle*, 1808, 6 vol. in-16, figures, bas.

266. Histoire de Don Quichotte de la Manche, traduction de Filleau de Saint-Martin. *Paris, Lugan*, 1826-1827, 8 vol. in-24, bas.

267. Histoire de Guzman d'Alfarache, nouvellement traduite et purgée des moralités superflues, par M. Le Sage. *Maestricht*, 1774, 2 vol. in-12, veau brun.

268. Vie et aventures de Robinson Crusoé, nouvelle édition, ornée du portrait de l'auteur et de dix-huit gravures. *Paris, Verdière*, 1821, 2 vol. in-8, v. rac. tr. marbr.

269. Aventures de Robinson Crusoé, par Daniel de Foe, traduction nouvelle, édition illustrée par Grandville. *Paris, Fournier*, 1840, in-8, frontispice-figure, 40 fig. hors texte, 160 fig. dans le texte, demi-rel, mar. rouge, filets, tranches dorées.

270. Voyages de Gulliver dans des contrées lointaines, par Swift, édition illustrée par Grandville. *Paris, Fournier*, 1838, 2 tomes en un vol. in-8, v. viol. fil. tr. marbr.

271. Tom Jones, ou l'Enfant trouvé, imitation de l'anglois de M. H. Fielding, par M. de la Place. *Londres et Paris*, 1767, 4 vol. in-12, figures de Gravelot, demi-rel. bas.
Figures de Gravelot.

272. Tom Jones, ou Histoire d'un enfant trouvé, par Fielding, traduction nouvelle et complète, ornée de douze gravures en taille-douce. *Paris, Firmin-Didot*, 1833, 4 vol. in-8, maroq. bleu, demi-rel. non rognés.

Exemplaire avec les fig. de Moreau, avant la lettre; de plus on a ajouté : a suite des 16 fig. de Gravelot et 4 contrefaçons de la même suite; la suite de Borel, en grand et en petit format, avant la lettre, et 3 eaux-fortes; la suite, *rare*, des 12 fig. de Stothard; la suite des 8 fig. de Corbould; suite Johannot, 4 fig., dont une avant la lettre; une fig. de Smirke; 2 frontispices avec vignettes; 2 portraits, 85 fig. en tout. Belle réunion de figures estimées en bonnes épreuves.

273. Œuvres de Walter Scott, traduites par A.-J.-B. Defauconpret. — Waverley, l'Antiquaire, les Puritains, d'Écosse, Guy Mannering, Rob Roy, Ivanhoë. *Paris, G. Barba*, 1844, 6 vol. in-12, cart. bleu.

274. Œuvres de Walter Scott, traduction Defauconpret. — Waverley, Guy Mannering, l'Antiquaire, Rob Roy, Kenil-

worth, Quentin Durward. *Paris, Furne, Pagnerre et Perrotin*, 1848. — Ens. 6 vol. in-8, br.

275. Œuvres de Salomon Gessner. *Paris, Ant.-Aug. Renouard*, 1799, 4 vol. in-8, figures de Moreau le jeune, demi-rel. avec coins v. vert, fil. n. rog.

276. Les Récits d'un vieux gentilhomme polonais, traduction, préface et notes de Ladislas Mickiewicz, avec eauxfortes et illustrations de Bronislas Zaleski et Elviro Andriolli. *Paris, Vasseur, s. d.*, in-8, br. figures et portr.

V. FACÉTIES, SATIRES, ÉPISTOLAIRES,
POLYGRAPHES.

277. Joannis Meursii Elegantiæ latini sermonis, seu Aloysia Sigæa Toletana, de arcanis Amoris et Veneris, adjunctis fragmentis quibusdam eroticis. *Lugd. Batavorum, ex officina Elzeviriana*, 1757, frontispice pet. in-8, veau marbr. filets, tranches dorées.

278. Cymbalum Mundi, ou Dialogues satyriques sur différents sujets, par Bonaventure des Périers, avec une lettre critique... par Prosper Marchand. Nouvelle édition, revue, corrigée et augmentée de notes et remarques. *Amsterdam et Leipzig, chez Arkstée et Merkus*, 1753, in-12, 5 fig. et 1 vignette au titre, par Bernard Picart, veau marbr.

279. Cymbalum Mundi, ou Dialogues satyriques sur différents sujets, par Bonaventure des Périers. *Amsterdam et Leipzig, chez Arkstée et Merkus*, 1753, in-12, fig. et vignette par B. Picart, veau marbr.

280. Collection complète des pamphlets politiques et opuscules littéraires de Paul-Louis Courier. *Bruxelles*, 1827, vol. in-8, broché.

281. Le Moyen de parvenir (par Béroalde de Verville), nouvelle édition, augmentée d'une Table sommaire des chapitres. *Londres*, 1786, 3 vol. in-18, demi-rel. veau rouge.

282. Les Œuvres de Tabarin, avec les Adventures du capitaine Rodomont, la Farce des bossus et autres pièces tabariniques, nouvelle édition. Préface et notes par Georges d'Harmonville. *Paris, Delahays*, 1838, in-12, br. frontisp. gravé, avec figure.

283. Le Conte du Tonneau, contenant tout ce que les arts et les sciences ont de plus sublime et de plus mystérieux, avec plusieurs autres pièces très-curieuses, par le fameux

Dr Swift, traduit de l'anglois. *A la H ıye , chez Scheur-leer*, 1755, 3 vol. in-12, veau marbr.

---

284. Lettres d'Abailard et d'Héloïse, traduites sur les manuscrits de la Bibliothèque royale, par E. Oddoul, précédées d'un Essai historique par M. et Mme Guizot. Édition illustrée par J. Gigoux. *Paris, Houdaille*, 1839, 2 tomes en 1 vol. in-8, 40 fig. hors texte, nombreuses vignettes et fleurons, etc., demi-rel. dos et coins de mar. bleu, filets, tranches dorées.

285. Lettres de Mademoiselle de Lespinasse, avec une notice biographique par Jules Janin. *Paris, Amyot, s. d.,* in-12, br.

286. Lettres à Émilie sur la mythologie, par C.-A. Demoustier. 6 parties en 2 vol., avec figures de Moreau le jeune. — Cours de morale et opuscules en vers et en prose. 1 vol. *Paris, Ant.-Aug. Renouard*, 1804. — Ens. 4 vol. in-8, veau viol. fil. tr. marbr.

---

287. Œuvres et correspondance inédites de J.-J. Rousseau, publiées par M. G. Streckeisen-Moulton. *Paris, Mich. Lévy fr.*, 1861, in-8, br.

288. Collection complète des œuvres philosophiques, littéraires et dramatiques de M. Diderot. *Londres*, 1773, 5 vol. in-8, demi-rel. bas.

289. The complete Works of Washington Irving in one volume, with a memoir of the author. *Paris, Baudry*, 1834, gr. in-8, cart. dos toile, non rogné.

HISTOIRE.

VOYAGES.

290. Le Danube allemand et l'Allemagne du Sud. Voyage dans la forêt Noire, la Ravière, l'Autriche, la Bohême, la Hongrie, l'Istrie, la Venétie et le Tyrol, par Hippolyte Durand. *Tours, Mame,* 1863, in-8, br. figures hors texte.

291. Lettres sur la Suisse, écrites en 1819, 1820 et 1821, par M. Raoul-Rochette. 2e édition, ornée de gravures d'après König et autres paysagistes célèbres. *Paris, Nepveu,* 1823, 3 vol. in-8, 3 titres avec vignettes et 28 figures, br. non rognés.

292. Voyage de Sophie en Allemagne, en Prusse, en Saxe, etc., ou Description pittoresque et impartiale des mœurs, usages, etc., des nations primitives de l'Europe, traduit de l'allemand par J.-B. Lamare. *Paris, Guillaume,* 1806, 3 vol. in-8, 6 dessins de Huot et 6 fig. d'après les dessins originaux, demi-rel. veau fauve.

293. Second Voyage sur les deux rives de la mer Rouge, dans le pays des Adels et le royaume de Choa, par M. Rochet d'Héricourt. *Paris, Arthus Bertrand,* 1846, gr. in-8, 15 fig. lithogr. demi-rel. veau bleu.

294. Le Royaume de Siam, par M. A. Grehan, consul de S. M. le suprême roi de Siam, etc., publication ornée du portrait de S. M. le roi de Siam, dessiné par Riou, et de 9 photogravures, etc. 2e édit. *Paris,* 1868, 1 vol. gr. in-8, br.

295. Souvenirs de voyage. Lettres intimes sur la campagne de Chine en 1860. Armand Lucy. *Marseille,* 1861, gr. in-8, br. portrait, figures, cartes et plan.

296. Les Sources du Nil. Journal de voyage du capitaine John Hanning Speke..., traduit de l'anglais par E.-D. Forgues, cartes et gravures d'après les dessins du capitaine Grant. *Paris, Hachette,* 1865, gr. in-8. br.

297. Voyage de M. Le Vaillant dans l'intérieur de l'Afrique par le cap de Bonne-Espérance dans les années 1780, 81,

82, 83, 84 et 85, avec figures. *Bruxelles*, 1800, 2 vol. in-8, brochés, 53 figures.

Exemplaire sur papier de Hollande.

---

298. Titi Livii Historiarum quod extat, ex recensione J.-P. Gronovii. *Amstelodami, apud Danielem Elzevirium*, 1678, in-12, front. veau écaille, filets, tr. dor.

299. C. Julii Cæsaris quæ extant, ex emendatione Jos. Scaligeri. *Amstelodami, ex officina Elzeviriana*, 1661, in-12, front. et carte, veau antiq.

300. Sulpitii Severi Opera omnia quæ extant. *Amstelodami, ex officina Elzeviriana*, 1656, pet. in-12, front. gravé, veau granit.

301. Nouvelle Traduction de l'historien Joseph, faite sur le grec, par le R. P. Gillet. *Paris*, 1756-1767, 4 vol. in-4, portrait gravé par J. Daullé et figure, v. br.

302. Tableau historique des costumes, des mœurs et des usages des principaux peuples de l'antiquité et du moyen âge, par Robert de Spallart. *Metz*, 1806, in-8, 35 fig. en couleur, demi-rel. maroq. rouge.

C'est le tome V. Costumes français au moyen âge.

303. L'Esprit dans l'histoire, recherches et curiosités sur les mots historiques, par Edouard Fournier. *Paris, Dentu*, 1857, in-12, cart.

304. La Chronique universelle illustrée, dirigée par J.-R. Giraldon, 1862. *Paris, Giraldon*, 1862, in-4, cart. 82 fig. sur bois, tranches dorées.

305. Annales de la monarchie françoise, par **M.** de Simiers. *Amsterdam, chez l'Honoré et Châtelain*, 3 vol. in-fol. frontispice et planches de B. Picart, br.

306. Les Rois de France, notices tirées des Galeries historiques de Versailles. *Paris, s. d.*, gr. in-8, br. portraits et vignettes.

307. **Portraits** et caractères des personnages distingués de la fin du xviiie siècle, suivis de Pièces sur l'histoire et la politique, par M. Sénac de Meilhan, précédés d'une notice sur sa personne et ses ouvrages par M. de Lévis. *Paris, Dentu*, 1813, in-8, br. non rogné.

308. Almanach historique de Marseille pour l'année 1787. *Marseille*, 1787, in-8, v. marbr. — Calendrier et notice de la ville d'Avignon et du Comtat Venaissin pour l'année 1761. *A Avignon*, 1761, in-12, br.

309. Nᵒˢ 71, 72, 73 et supplément au nᵒ 73 du Bulletin du
     tribunal criminel révolutionnaire. Procès, jugement et
     lettres de Marie-Anne-Charlotte Corday. 1793, fascicule
     pet. in-4.

   Rare et curieux. Ce sont les numéros originaux du Bulletin, parus à l'épo-
que même du procès.

310. Histoire de la Bastille depuis sa fondation en 1374 jus-
     qu'à sa destruction en 1789. *Paris*, 1844, 8 tomes en 4 vol.
     gr. in-8, gravures sur acier, chagr. viol. dent. tr. marbr.

311. Correspondance diplomatique de Joseph de Maistre,
     1811-1817, recueillie et publiée par Alb. Blanc. *Paris,
     Mich. Lévy fr.,* 1861, 2 vol. in-8, br.

312. Les Salons de Paris et la société parisienne sous Louis-
     Philippe Iᵉʳ, par le vicomte de Beaumont-Vassy. *Paris,
     Sartorius,* 1866, in-12, br. 12 portraits gravés sur acier.

313. Louis-Napoléon Bonaparte, la Suisse et le roi Louis-
     Philippe Iᵉʳ, histoire contemporaine, par Elisée Lecomte.
     Paris, Martineau, 1856, in-8, demi-rel. bas. vert.

   Envoi autographe d'auteur.

314. Versailles ancien et moderne, par le comte Alexandre
     de Laborde, membre de l'Institut. *Paris*, 1841, gr. in-8,
     titre gravé, frontispice et figures, demi-rel. chagr. rouge,
     plats toile, avec ornements.

315. Histoire ecclésiastique et civile de Lorraine, qui
     comprend ce qui s'est passé de plus mémorable dans
     l'archevêché de Trèves et dans les évêchés de Metz, Toul
     et Verdun, depuis l'entrée de Jules César dans les Gaules
     jusqu'à la mort de Charles V, duc de Lorraine, arrivée en
     1690, par le R. P. dom Augustin Calmet. *Nancy, chez
     Jean-Baptiste Cusson,* 1728, 3 vol. in-fol. texte à 2 co-
     lonnes, cartes, plans et planches de médailles, v. br.

316. Suite des portraits des ducs et duchesses de la maison
     royale de Lorraine, dessinés et gravés d'après les médailles
     de Saint-Urbain, par les plus habiles maîtres de Florence,
     avec la dissertation historique et chronologique de dom
     Augustin Calmet (abbé de Senones). *A Florence*, 1762,
     2 part. en 1 vol. in-fol. frontispices, gr. vign. et portraits,
     v. br.

317. Les Généalogies historiques des rois, ducs, comtes, etc.,
     de Bourgogne. *Paris,* 1738, in-4, v. br. (*Cartes généalo-
     giques.*)

318. Histoire générale de Provence. ***Paris, chez Moutard,***
     1777-1784, 3 vol. in-4, demi-rel. v. br.

319. Dictionnaire historique, biographique et bibliographique du département de Vaucluse, par C.-J.-H. Barjard. *Carpentras*, 1841, 2 vol in-8, br.

320. L'Algérie ancienne et moderne, depuis les premiers établissements des Carthaginois jusqu'à la prise de la Smalah d'Abd-el-Kader, par M. Léon Galibert, vignettes par Raffet et Rouargue frères. *Paris, Furne*, 1844, rel. gr. in-8, 36 fig. hors texte dont 12 types en couleur, 1 carte, 54 vignettes dans le texte, maroq. violet, dent. à froid et fers spéciaux sur les plats, tranches dorées.

Belles épreuves; exemplaire du premier tirage.

---

321. Charles Ier, sa cour, son peuple et son parlement (1630 à 1660). Histoire anecdotique et pittoresque du mouvement social et de la guerre civile en Angleterre au dix-septième siècle, par Philarète Chasles. *Paris, s. d.*, gr. in-8, br. (Vignettes sur bois et gravures sur acier.)

322. Histoire de Guillaume III, roy d'Angleterre, etc., contenant ses actions les plus mémorables depuis sa naissance jusques à son élévation sur le trône, etc., par médailles, inscriptions, arcs de triomphe et autres monuments publics, recueillis par N. Chevalier. *Amsterdam*, 1692, in-fol. v. brun. (*Planches et médailles.*)

323. Caricature History of the Georges, or Annals of the house of Hanover compiled from the squirs, broadsides, window pictures y lampoons, and pictorial caricatures of the time, by Thomas Wright Esq. *London, Camden, s. d.*, in-12, 12 fig. dont 1 en couleur, très-nombreuses vignettes, etc., dans le texte, cart. vert, non rogné.

324. Recueil choisi des dépêches et des ordres du jour du feld-maréchal duc de Wellington, par le colonel Gurvood, lieutenant de la Tour de Londres. *Bruxelles*, 1863, gr. in-8, cart. non rogné.

325. The History of Scotland and an historical disquisition concerning ancient India by W. Robertson, D. D. principal of the university of Edinburgh, etc. *Paris, Baudry*, 1835. — The History of America, by W. Robertson, etc. *Paris, Baudry*, 1835. — Ens. 3 vol. gr. in-8, cart. non rog. portraits de Robertson sur les titres.

26. Histoire des provinces unies des Pays-Bas, par M. Le Clerc, qui contient ce qui s'est passé depuis l'an 1560 jusqu'à l'an 1618, avec les principales médailles et leur explication, depuis le commencement jusqu'au traité de

Barrière conclu en 1716. *Amsterdam, chez l'Honoré et Châtelain,* 1723, 3 tomes en 2 vol. in-fol. frontispices, titre gr. et vignettes de B. Picart, v. f. ant. dos orné. (*Planches de médailles.*)

327. Nouvelle Route de Liége à Aix-la-Chapelle et Spa, par Chanfontaine, ou Collection de 24 vues les plus intéressantes, telles que châteaux, maisons de campagne, etc., dessinées d'après nature et lithographiées par N. Ponsart. *Bruxelles,* in-4, demi-rel. maroq. bleu, non rogné.

328. Histoire générale de Portugal, par M. Lequien de la Neufville. *Paris,* 1700, 2 vol. in-4, portrait, v. br.

329. Histoire des révolutions de Portugal, par M. l'abbé de Vertot. *A Paris, chez Mich. Brunet,* 1711, in-12, front. et figure, v. gran.

330. Trattato nuovo delle cose maravigliose dell' alma città di Roma, ornato di molte figure, nel quale si discorre di 300 et più chiese, composto da F. Pietro Martire Felini da Cremona dell' ordine de' Servi, etc. *In Roma,* 1610, in-12, 236 fig. sur bois, vél. non rogné.

331. Itinerario istruttivo di Roma e delle sue vicinanze compilato già da Mariano Vasi, ora riveduto, corretto, ed accresciuto secondo lo stato attuale dei monumenti dal professore A. Nibby. *Roma,* 1824, 2 vol. pet. in-8, 2 cartes et 46 fig. vélin blanc.

332. Istoria della stato presente dell' Imperio ottomano, composta prima in lingua inglese dal Sig. Ricaut Scudière, tradotta poscia in francese dal Sig. Brio e finalmente trasportata in italiano da Costantin Belli. *Venetia,* 1672, in-4, vél. (*Frontispice et figure de la sœur Isabelle Pricini, religieuse de Sainte-Croix à Venise.*)

333. La Grèce pittoresque et historique, par le Dr C. Wordsworth, traduction de M. E. Regnault, avocat. Illustrations sur acier et sur bois par les premiers artistes de Paris et de Londres. *Paris, Curmer,* 1841, in-4, frontisp. gravé, 28 grav. sur acier, 322 grav. sur bois, demi-rel. veau rouge.

334. Histoire philosophique et politique des établissements et du commerce des Européens dans les deux Indes, par Raynal. *La Haye,* 1774, 7 vol. in-8, portrait d'après Cochin, 7 figures par Eisen, cartes, veau fauve et filets.

Exemplaire sur papier de Hollande.

335. L'Ambassade de la Compagnie orientale des Provinces unies vers l'empereur de la Chine, ou Grand Cam de Tartarie, faite par les sieurs Pierre de Goyer et Jacob de

Keyser, illustrée d'une très-exacte description des villes, bourgs, villages, ports de mer et autres lieux plus considérables de la Chine, enrichie d'un grand nombre de tailles-douces. Le tout recueilli par M. Jean Nieuhoff, maître d'hôtel de l'ambassade, à présent gouverneur en Ceylan, mis en françois et assorti de mille belles particularités tant morales que politiques, par Jean le Carpentier, historiographe. *Leyde, Jacob de Mœurs*, 1665, 2 parties en 1 vol. in-fol. 1 fig. frontispice, vignette au titre, portrait, lettre ornée, etc., et 143 gravures hors texte et têtes de pages, veau brun.

---

336. Essais de théorie et d'histoire littéraire, par M. Edouard Arnould. *Paris, Durand*, 1858, in-8, br.

337. The literary Souvenir, edited by Alarie A. Watts. *London, Longman*, 1830, in-16, grav. sur acier, rel. angl. soie rose, tranches dorées.

338. ARSÈNE HOUSSAYE. Le Roi Voltaire, nouvelle édition, revue et augmentée. *Paris, Plon*, 1860, in-8, br.

339. Mes Prisons, suivi des Devoirs de l'homme, par Silvio Pellico, traduction par le comte H. de Messey, illustrée d'après les dessins de MM. Gérard Seguin, d'Aubigny, Steinheil, etc., etc. *Paris, Delloye*, 1844, pet. in-4, portr. frontispice gravé, figures, nombreux fleurons et culs-de-lampe, cart. bleu, ornements sur les plats, tr. dor.

NUMISMATIQUE.

341. Discorsi di Enea Vico sopra le medaglie degli antichi. *Venegia, Giolito*, 1558, in-4, vélin.
Beau portrait de Cosme de Médicis.

342. Discorso di Sebastiani Erizzo sopra le medaglie degli antichi. *Venetia*, 1559, in-4, demi-rel.

343. La Science des médailles pour l'instruction de ceux qui s'appliquent à la connoissance des médailles antiques et modernes, par le père Jobert. *Paris, chez la veuve Mabre-Cramoisy*, 1693, in-12, front. gr. v. br.

344. Nouvelles Recherches sur la science des médailles, inscriptions et hiéroglyphes antiques, par M. Poinsinet de Sivry. *A Maestricht*, 1778, in-4, fig. demi-rel. v. br. (*Planches de médailles.*)

345. Catalogue des monnoies en or et en argent qui composent une des différentes parties du cabinet de S. M. l'Empereur, depuis les plus grandes pièces jusqu'aux plus petites. *Vienne*, 1759-1769, 2 vol. in-fol. front. gr. vign. et planches de médailles, v. br. ant. fil.

346. Mes Loisirs, amusements numismatiques, ouvrage posthume de M. le comte C. W. de Renesse-Breidbach. *Anvers, Ancelle*, 1835, 3 vol. in-8, br.

347. Études numismatiques et archéologiques, par Joachim Lelewel. *Bruxelles, P.-J. Voglet*, 1841, in-8, demi-rel. v. ant.

348. Recherches sur la numismatique judaïque, par F. de Saulcy. *Paris, Firmin-Didot fr.*, 1854, in-4, br. (*Planches et médailles.*)

349. Traité élémentaire de numismatique ancienne, grecque et romaine, composé d'après celui d'Eckhel, par Gérard Jacob K. *Paris, Aimé André*, 1825, 2 tomes en 1 vol. in-8, demi-rel. v. bl. (*Planches de médailles.*)

350. Manuel de numismatique ancienne, par M. Hennin. *Paris, Merlin*, 1830, 2 vol. in-8, demi-rel. v. bl.

351. Les Monnaies d'Athènes, par E. Beulé. *Paris, Rollin*, 1858, in-4, fig. br.

352. Histoire des rois de Thrace et de ceux du Bosphore cimmérien, éclaircie par les médailles, par M. Cary. *Paris*, 1752, in-4, v. br. (*Planches de médailles.*)

353. De la Rareté et du prix des médailles romaines, ou Recueil contenant les types rares et inédits des médailles d'or, d'argent et de bronze, frappées pendant la durée de la république et de l'empire romain, par T.-E. Mionnet. *Paris*, 1815, in-8, br.

354. A. Kerman. A descriptive Catalogue of rare roman coins. *London*, 1834, 2 vol. in-8, fig. demi-rel.

355. Thesaurus Morellianus, sive familiarum et imperatorum Romanorum numismata omnia. *Amstel.*, 1734, 5 vol. in-fol. fig. demi-rel.

356. H. Goltzii Opera. *Antuerpiæ*, 1708, 4 vol. in-fol. demi-rel.

Nombreuses planches de médailles.

357. Iconographie d'une collection choisie de cinq mille médailles romaines, byzantines et celtibériennes, par J. Sabatier. *A Saint-Pétersbourg et à Paris*, 1847, in-fol. en feuilles. (*Planches de médailles.*)

358. Description générale des monnaies de la république
romaine communément appelées médailles consulaires,
par H. Cohen. *Paris*, 1857, in-4, br. (*Planches de médailles.*)

359. Antiquiores pontificum Romanorum denarii. *Romæ*,
1709, in-4, gr. papier, vélin.

360. Imperatorum Romanorum numismata, descripta et
enarrata per Car. Patinum. *Argentinæ*, 1671, in-fol. fig. v.

361. Ælfredi Magni vita. *Oxonii*, 1678, in-fol. vél. fig.

362. I Cesari in oro, raccolti nel Farnese Museo ; composto
del padre Paolo Pedrusi. *In Parma*, 1694, 2 vol. in-fol.
figures, v.

363. Vaillant. Numismata ærea Imperatorum in coloniis
percussa, auctore Vaillant. *Parisiis*, 1688, in-fol. v. br.

364. Essai de classification des suites monétaires byzantines,
par F. de Saulcy. *Metz, S. Lamort*, 1836, gr. in-8, demi-
rel. v. bl. n. rog. et atlas, in-4, demi-rel.

365. REVUE DE LA NUMISMATIQUE FRANÇAISE, dirigée par
E. Cartier et L. Saussey. *Paris, Techener*, 1836 à 1853.
Ens. 18 vol. gr. in-8, cart. avec planches, plus 16 livrai-
sons in-8, br. de 1855 à 1867.

366. Type gaulois ou celtique, par Joachim Lelewel. *Bruxelles, P.-J. Voglet*, 1840, atlas in-4 oblong, demi-rel. bas.

367. Numismatique de la Gaule narbonnaise, par L. de la
Saussaye. *Paris*, 1842, in-4, demi-cart. (*Planches de médailles.*)

368. Recherches curieuses des monnoyes de France depuis
le commencement de la monarchie, par Claude Boute-
rouë. *Paris, de l'impr. d'Edme Martin*, 1666, in-fol. pl. v.
ant.

Ouvrage recherché. Bel exemplaire en grand papier.

369. COMBROUSE. Monétaire des rois mérovingiens, recueil de
920 monnaies en 62 planches avec leur explication. *Paris,
Rollin*, 1843, gr. in-4, en feuilles.

370. Description des monnaies royales de France, spécimen
par Dom Catalogus (Combrouse.) *Paris, Fournier*, 1838,
in-4, mar. fig.

Exemplaire de l'auteur, qui y a joint diverses figures de monnaies et un
dessin de la fameuse médaille de *Napoléon protecteur de la Confédération du
Rhin, frappée en* 1808.

371. COMBROUSE. Catalogue raisonné des monnaies natio-
nales de France. *Paris*, 1839-41, 8 part. in-4, rel. et
5 part. in-4, br.

Exemplaire offrant des volumes doubles, avec différences, et des notes mss.
de l'auteur.

372. COMBROUSE. Description complète et raisonnée des
monnaies de la 2e race de France. *Paris*, 1837, in-4, fig.
mar.

Tiré à cent exemplaires. C'est celui de l'auteur, avec de nombreuses pièces ajoutées et figures découpées et reclassées.

373. Combrouse et Fougères. Description complète et raisonnée des monnaies de la deuxième race royale de France.
Paris, 1837, in-4, br. *figures.*

Tiré à 100 exemplaires.

374. Maison de France. Choix des monnaies et médailles des
rois Capétiens, Valois et Bourbons composant la suite
iconographique de Combrouse. *Paris, Fournier*, 1845, gr.
in-4, cartonné.

375. COMBROUSE. Décaméron numismatique. *S. l. n. d.*,
in-4, rel.

Ce volume contient les *index* de plusieurs ouvrages de Combrouse. (Catalogue, Monétaire, etc.)

376. Monnaies féodales de France, par Faustin Pocy d'Avant.
Paris, 1858, 3 vol. in-4, demi-rel. v. vert. (*Planches de
médailles.*)

377. Recherches sur les monnaies des ducs héréditaires de
Lorraine, par F. de Saulcy. *Metz*, 1841, in-4, demi-rel.
chag. viol. (*Planches de médailles.*)

378. Traité des monnoies des barons, ou Représentation et
explication de toutes les monnoies d'or, d'argent, etc.,
qu'ont fait frapper les possesseurs de grands fiefs et autres
seigneurs de France; par feu M. Pierre Ancher Tobiesen
Duby. *Paris, de l'Impr. royale*, 1790, 3 vol. in-4, v.
(*Planches de médailles.*)

Compris le recueil des pièces obsidionales, 1786, in-4, figures.

379. Histoire du roy Louis le Grand par les médailles et
autres monumens publics, par le père Claude-François
Menestrier. *Paris*, 1693, in-fol. titre gr. fig. et planches de médailles, v. br.

A la page 60, une planche a été enlevée.

380. Médailles du règne de Louis XV. *S. l. n. d.*, in-fol.
78 ff. texte, encadré avec médaillons, demi-rel. bas.

381. Histoire métallique de la révolution française, ou Recueil des médailles et des monnaies qui ont été frappées depuis la convocation des Etats généraux jusqu'aux premières campagnes de l'armée d'Italie, par A.-L. Millin. *Paris, de l'Impr. imp.*, 1806, in-4, cart. n. rog. (*Planches de médailles.*)

382. Histoire numismatique de la Révolution française, depuis l'ouverture des Etats généraux jusqu'à l'établissement du gouvernement consulaire, par M. H... (Hennin.) *Paris, Merlin*, 1826, in-4 de texte et in-4 de planches, ens. 2 vol. demi-rel. bas.

L'atlas est incomplet de planches.

— Même ouvrage, texte seul, in-4, demi-rel. bas.

383. Recherches sur les monnaies des évêques de Metz (par M. de Saulcy.) *S. l. n. d.*, in-8, avec le Supplément aux Recherches, demi-rel. v. ant. (*Planches de médailles.*)

384. Numismatique. Collection de volumes ou de brochures sur l'archéologie et principalement sur les monnaies, par MM. G. Rollin, Biardot, de Witte, le marquis de Lagoy, Adrien de Longpérier, F. de Saulcy, Poey d'Avant, etc. Environ 50 brochures avec planches.

385. Quadro di geografia numismatica, da Carlo Strozzi. *Firenze*, 1836, in-4, cart.

386. Der Coopliede handboucxkin. 1545, pet. in-8, v. fers à froid.

Nombreuses figures de monnaies.

387. Ordonnancie ende instructie voor de Wisselaers. *Anvers*, 1633, in-fol. allongé, parchemin. (*Figures de monnaies.*)

388. Histoire numismatique de l'évêché et principauté de Liége, par M. le comte de Renesse-Breidbach. *Bruxelles, chez H. Renvy*, 1831, in-8, fig. demi-rel. v. int.

L'atlas, contenant les planches de médailles, monnaies, jetons et médailons, se trouve à la fin de l'ouvrage.

389. Le Caissier italien, ou l'Art de connoître toutes les monnoies actuelles d'Italie, ainsi que celles de tous les États et princes de l'Europe qui y ont cours, par Jean-Michel Benaven. *S. l.*, 1787, 1 vol. texte et 1 vol. planches de médailles. Ens. 2 vol. in-fol. titre gr. v. br.

390. Medallas de las colonias de España. *Madrid*, 1757, 2 tomes en 1 vol. in-4, broché, 58 pl.

391. Histoire métallique des XVII provinces des Pays-Bas, traduite du hollandois de Monsieur Gérard Van Loos. *A la Haye*, 1732-1737, 5 vol. gr. in-fol. portr. front. vign. de Gœrce, et planches de médailles, v. br. tr. r.

Exemplaire en grand papier.

392. Histoire métallique des XVII provinces des Pays-Bas, traduite du hollandois de M. Gérard Van Loos. *A la Haye*, 1732-37, 5 vol. in-fol. fr. gr. vig. de Gœrce et planches de médailles, v. br. tr. r.

393. Souvenirs de Kertsch et chronologie du royaume de Bosphore, par J. Sabatier. *Saint-Pétersbourg*, 1849, in-4, br. (*Planches de médailles.*)

394. Illustrations of the Anglo-French coinage, taken from the cabinet of a fellow of the antiquarian societies of London and Scotland, of the royal societies of France, Normandy, and many others, british as well as foreign. *London, Hearne*, 1830, in-4, cart. angl. (*Planches de médailles.*)

395. Annals of the coinage of Great Britain and its dependencies, by the Rev. Rogers Ruding. *London, John Hearne*, 1840, 2 vol. de texte et 1 vol. d'atlas, ens. 3 vol. in-4, demi-rel. bas. verte.

396. Description of the anglo-gallic coins in the British Museum. *London*, 1826, in-4, demi-rel. chagr. la Vall. fil. (*Planches de médailles.*)

397. A Manual of gold and silver coins of all nations struck within the past century, by Eckfeldt and W. Dubois. *Philadelphia*, 1851, in-4, fig. demi-rel.

SUPPLÉMENT.

---

398. Émile, ou de l'Education, par J.-J. Rousseau, citoyen de Genève. *Amsterdam*, 1762, 4 vol. pet. in-12, 5 figures d'après Eisen, veau marbré.

L.

399. Vignettes et gravures pour illustrer les œuvres de Molière, par Boucher, Chasselat, H. Vernet, Desenne, Staal, etc., environ 160 pièces en divers états.

400. Molière. Collection de 15 portraits in-8.

Nous citerons parmi ces portraits celui gravé en 1740 d'après Punt, celui gravé par J. Catheler, d'après Mignard ; les autres par Tony Johannot, Dequevauvilliers, Chenavard, Devéria, etc.

401. Vignettes et gravures pour illustrer les œuvres de Racine, par Gravelot, Lebarbier, Girodet, Desenne, etc., environ 150 pièces en divers états.

402. Louis Racine. Figures, eaux-fortes, avec et avant la lettre, par Duvivier et V. Adam, pour le poëme *la Religion*, 11 pièces in-8.

403. Voyage aux Indes Orientales et à la Chine, fait par ordre du Roi, depuis 1774 jusqu'en 1781, dans lequel on traite des mœurs, de la religion, etc., etc., par M. Sonnerat, commissaire de la marine, etc. *Paris*, 1782, 2 tomes en 1 vol. in-4, 140 planches, par Sonnerat, demi-rel. veau fauve.

404. Traité des édifices, meubles, habits, machines et ustensiles des Chinois, gravés sur les originaux dessinés de la Chine, par M. Chambers, architecte anglais, etc. *Paris*, 1776, in-4, 20 planches, demi-rel. veau fauve.

405. Catalogue général de la librairie française pendant 25 ans (1840-1865), rédigé par Otto Lorenz, libraire. *Paris*, 1867-1871, 4 vol. in-8, demi-rel. avec coins mar. rouge, tr. peign.

---

406. Sous ce numéro on vendra environ 200 volumes en lots, reliés et brochés.

FIN

ORDRE DES VACATIONS.

Première vacation. — *Vendredi 11 janvier 1878.*

1 à 193

Deuxième vacation. — *Samedi 12 janvier.*

194 à 405

Livres en lots.

CONDITIONS DE LA VENTE.

La vente se fait expressément au comptant.

Les acquéreurs paieront 5 p. % en sus des enchères applicables aux frais.

Tous les articles sont garantis complets et en bon état, sauf indication contraire.

Les réclamations devront être faites au plus tard dans les vingt-quatre heures après la dernière vacation. Passé ce délai, les articles adjugés ne seront repris pour aucune cause.

Les articles au-dessous de *douze francs* ne seront repris que s'ils sont incomplets.

Il y aura exposition, chaque jour de vente, de **2** à **4** heures.

Le libraire, chargé de la vente, remplira les commissions des personnes qui ne pourraient y assister.

Paris. — Typographie Georges Chamerot, rue des Saints-Pères, 19. — 6497.

RED. :

17